U0004057

catch

catch your eyes；catch your heart；catch your mind······

catch 116 小朋友美力

傅娟、歐陽妮妮、歐陽娜娜　著
責任編輯：韓秀玫、繆沛倫
美術編輯：Black、林家琪
法律顧問：全理法律事務所董安丹律師

出版者：大塊文化出版股份有限公司
台北市105南京東路四段25號11樓
讀者服務專線：0800-006689
TEL：(02) 87123898　FAX：(02) 87123897
郵撥帳號：18955675
戶名：大塊文化出版股份有限公司
e-mail:locus@locuspublishing.com
www.locuspublishing.com

行政院新聞局局版北市業字第706號
版權所有　翻印必究

總經銷：大和書報圖書股份有限公司
地址：台北縣五股工業區五工五路2號
TEL：(02) 89902588 (代表號)
FAX：(02) 22901658

初版一刷：2006年8月
定價：新台幣250 元
ISBN 978-986-7059-30-7
Printed in Taiwan

小朋友美力

傅娟 · 歐陽妮妮 · 歐陽娜娜

作者簡介

傅娟

知名演員，與愛情長跑多年的電視明星歐陽龍婚後生下三個寶貝女兒，妮妮、娜娜與娣娣。

民國87年以義工媽媽般的熱心形象當選台北市德安里里長。

現任飛碟電台「生活大師」及東森綜合台「巧婦當家」節目主持人，

以及《媽媽寶寶》雜誌專欄作家。

個人Blog：

「小妮子的公主城堡」http://tinyurl.com/qmrsq

「娜比小可愛」http://tinyurl.com/zxrea

「寶寶娣的異想世界」http://tinyurl.com/z69w4

獻詞

謹將這本書獻給全世界最愛我的爸爸與媽媽。

告訴他們，我知道他們有多愛我。
告訴他們，我有多麼的愛他們。
告訴他們，我愛我的孩子，正如，他們愛他們的孩子。

part 1
我的孩子會畫畫

part 2
妮妮、娜娜、娣娣
一起來

part 3
歐陽氏家訓

後記

序一 認識美是親子教養的第一步

周允文 MOMA美術教育機構美術總監

德國詩人歌德說：「所有的藝術都貫穿著親子關係。認識美的事物是親子教養的第一步。」從這句話中，我們可以了解到孩子的創作是需要父母的傾聽和讚美！妮妮和娜娜是幸福的，她們的父母只要有時間便會撥空陪伴她們創作，以「同理心」來看待孩子的作品，適時的給予讚美和認同。如此一來，孩子才能將他們觀察到的事物，透過感受，自由自在的表達。

每一次看孩子的畫，總有一種莫名的感動！強而有力的線條是如此的奔放，大膽的用色，豐富的情感在畫面裡跳動。我常對家長說：我們要給孩子的是美學與創造力，而不是一般人認為的「兒童美術」。孩子的創作是最真的藝術表現，藝術是什麼呢？是生活、是感動、是思想。大文豪托爾斯泰曾經給藝術下了一個最恰當的定義──「藝術是人類的一種內在動力；人類利用某一種材料或符號，傳達自己所經驗過的感情給別人，使別人心中引起一種共鳴。」

每個孩子都喜歡畫畫塗鴉，在畫畫的過程中，除了自由自在的揮灑外，還能把心中所有的快樂、悲傷、痛苦和愛表露無遺。願天下所有的父母，懷抱著一顆赤子之心來欣賞孩子的創作，你會發現藝術是一種魔法，孩子是施展魔法的魔術師；以讚美取代批評，認同孩子的想法，跟隨著魔術師探索畫中的祕密。

就讓我們乘著想像的翅膀，飛入妮妮和娜娜的色彩國度。

熱情的小太陽──妮妮

四年前，因緣際會，小小的妮妮眨著一雙靈巧的大眼睛進入到我的班級，此後兩年，教室裡就常常聽到這樣的對話：

「妮妮，國語課本呢？」

「不知道！」

「妮妮，數學習作呢？」

「不曉得！」

「妮妮……」

「不記得！」

「妮妮……」

「不清楚！」

「妮妮……」

「沒有！」

哈哈！活脫脫是個「四不一沒有」的夢娃娃，然而這個迷糊的小女孩卻像個小太陽一樣，散發著熱情的光亮，體貼溫暖，人緣好到一年級下學期就當選模範生。活潑好動的妮妮，承襲了父母的高䠷，這長腿女娃兒，身手敏捷，跑步總是第一名。下課時，常常看她紅著雙頰，帶頭吆喝著一群孩子，在校園中趣味盎然的奔忙探險，煞有其事，讓人不禁莞爾。安靜繪畫時的妮妮，專注的神情最讓人感動，她對色彩的敏銳和大膽，令人印象深刻；猶記得那年端午，引導孩子畫獅頭，當所有作品陳列於揭示板上時，在一片綠色中（課本上呈現的獅頭顏色），猛的跳出一個靈活靈現的靛紫大獅頭，讓人驚艷！兩年後，妮妮考上美術班，進入一個更適合他的學習殿堂，在適才適性的發展下，妮妮必能依著自己的步調，畫出屬於自己的美麗人生。

柔美的小月亮──娜娜

那年,小娜娜兩歲,常常跟著姐姐在教室裡出現,明眸皓齒,十分可愛,過兩年,娜娜上中班,每週兩個小時,我帶著她和其他三個小小孩,進行為期兩年的「繪本全語文」實驗教學,娜娜總是以她甜膩的童音和生動的眼神說故事給大家聽,她精確靈敏的節奏感也表現在童謠念讀上,而善解人意、溫婉隨和的娜娜,也常能化解課堂危機──當大家都不願意用破損的學習單時,她說:「那給我吧!」四歲的小小孩呢!體貼懂事,恬靜婉約似月亮般柔美,這就是可愛而獨特的娜娜。

蔚藍的天空──傅娟

因著彼此教育理念的相同,我和妮妮媽媽由親師變成好友,我們都贊同「教育無他,愛與榜樣而已」,我們也堅信「信心」和「創造力」是孩子一生最大的財富,她的寬容和愛心得以孕育出三個漂亮出色的寶貝,她對孩子學習路上沿途丟出的問題,用盡各種方法見招拆招;還記得小一時,妮妮房間的天花板和四周牆壁,貼滿三字經、國語課文之類文章。這位用心的媽咪,讓孩子在睡前沒有壓力下,逐日背誦;為了提高妮妮學習書法的興趣,她也和孩子一起上課練字,對孩子美學的養成,真是不遺餘力。最難得的是她不曾因為孩子課業表現不理想而變臉,卻總在孩子有好的創意時,給予最大的鼓勵和讚美,我常在心裡讚嘆這位明星媽媽,活生生就是「八大智慧學習」的最佳實踐者 (註)。如果妮妮是太陽,娜娜是月亮,那麼閃爍著大眼睛的妹妹,就該是顆明亮的星星,而引導這三個寶貝追求真、善、美的媽咪,勢必就是那讓孩子恣意揮灑、散發光芒的藍天。

註:美國教育學家加德納教授(Howard Gardner)發現人有:語文、數理邏輯、空間、音樂、人際、內省、肢體運動和自然觀察等八項多元智慧潛能,每人的潛能都不同,若能依照自我智能特徵發展,不只勝任愉快而且成就輝煌!

初接美術班時，校園裡的八卦新聞即是「歐陽妮妮來讀民族美術班」，很多人看到我就會問：「聽說小明星歐陽妮妮在你們班？」所以，我也和大家一樣懷著期待的心情參加美術班說明會，期盼見到傳說中的大小明星──傅娟和歐陽妮妮。那時，妮妮媽媽懷著即將臨盆的身孕，帶著妮妮準時到達會場。母女倆沒有電視上的刻意裝扮，有的只是親切隨和的笑容。

開學第一天，美術班的學長、學姐也慕名來看明星。只見教室外萬頭鑽動，教室內的妮妮卻是輕鬆自在、談笑自如，好像外面的人和她一點關係都沒有。

善體人意的歐陽妮妮

兩年來，看著妮妮經常將她帶來的小點心跟老師、同學分享；對需要協助的同學，總不吝嗇伸出援手；課堂上會主動發言，但舉手時還是免不了帶點羞怯的表情；渾身戲胞的她喜歡上台表演，跟同學對戲有模有樣，但有時人來瘋又會在台上耍寶……，妮妮一直都是這樣，總是那麼親切自然，大方隨和，那麼討人喜歡。

不知從什麼時候開始，在教室經常可以聽見妮妮對著我左一聲「媽媽」，右一聲「媽媽」的叫；校外教學時，妮妮不僅跟在我身邊，還要勾著我的手，頭靠在我肩膀上，說：「我最喜歡媽媽了，我要跟著妳！」每天第一節下課，妮妮會湊到我身邊，含情脈脈地說「媽媽，我好想妳喔！」家裡有什麼好吃的餅乾糖果，或菲菲姑姑從日本寄來的小點心，妮妮一早就會拿到我座位旁跟我分享；當我板起臉數落她時，她又會用她那電人的雙眼「電」著我，然後拉著我的手，好像心疼我生氣似的說：「媽媽，不要生氣嘛！」讓人頓時氣消了一大半，這就是善體人意的妮妮。

用心的妮妮媽媽

常常聽妮妮說：「媽咪今天有通告！」、「媽咪昨晚拍廣告拍好晚。」「媽咪送我上

學後要去電台……」，感覺妮妮媽媽是那麼忙碌，但是，她每天幫妮妮看功課，每天簽閱聯絡簿，考試前會一科一科幫妮妮復習，經常到校和我溝通妮妮的學習狀況。遇美術班有大型活動需要主持人，妮妮媽媽也會撥出時間，盡力配合，將節目帶得有聲有色。這學期妮妮代表班上參與英語戲劇比賽，妮妮媽媽是最佳導演，指導孩子們每個動作、表情；等到比賽當天，更是早早到校幫孩子化妝、打扮，叮嚀東、叮嚀西，甚至緊張到胃痛。看到孩子不負眾望精采演出，獲得第一名時，妮妮媽媽更是感動得當場飆淚，當我正疑惑妮妮大型舞台劇都演過了，媽媽怎麼會這麼在意學校的比賽，妮妮媽媽認真地說：「以前那都是表演，這是妮妮第一次參與戲劇比賽！」妮妮媽媽了解妮妮喜歡什麼，重視什麼，她從不拿妮妮和同學比較，只要妮妮可以快樂學習的，她都樂於參與。

這本書記錄了妮妮媽媽陪伴孩子的成長過程，讓我們分享了他們生活上的點點滴滴，彷彿我們也住進他們家，觀察他們日常親子間的互動，了解他們的心聲。天下沒有放諸四海皆準的育兒法則，再好的學校，規劃再完善的補習班，都比不上母親陪伴孩子成長時對孩子心智的啓發。而我們陪伴孩子成長的過程中，妳想留下些什麼呢？是記錄孩子每一個成長階段的照片？是剪下的臍帶和胎毛？是孩子的塗鴉作品？或者是一張張獎牌獎狀？我想親子間的互動交流，無論大小事，沒有好壞之分，都會在孩子心中留下影響；就好像妮妮的親切隨和、善體人意，我們在妮妮媽媽身上都可以找到答案。平常人的家庭如此，名人的家庭也是如此，重要的是我們是否珍惜和家人相處的片刻。感謝妮妮媽媽願意分享他們親子互動經驗，讓我們有學習模仿的對象，也讓我們更看重身邊的親人，更珍重陪伴家人的每一刻！

我的孩子有美力

傅娟

這本籌劃了將近兩年的書終於要出了。

從妮妮一考上美術班，做媽的我就想把她所有的畫集結成冊。一直到現在，不僅這本書有妮妮的畫、還有娜娜的畫、加上媽媽的話，而在小妹妹也開始畫畫時，這本書終於完成了。

從發覺了「妮妮會畫畫」這件事，只要一有客人來，媽咪就不厭其煩的搬出她的作品來跟大家分享。

「哇！她畫得好棒喔！」
「真的很有天份呢！」
「天啊！她怎麼那麼會畫畫呢！」
「她是遺傳了誰啊？」

我想應該不會是遺傳自己，至少到現在還沒有人發覺我有畫畫的天份，朋友都好奇，到底我怎麼教的，做了些什麼。

我想我只做一件事，那就是「拍拍手」。我不知道我的孩子是否有天分，但對從小就不會畫畫的我來說，他們真的畫得太棒了，那麼有自信，那麼敢的拿起蠟筆就畫下去，我是真心的讚歎她們的每一幅作品。

商業周刊第903期報導：「美學，成為台灣的新顯學，不管企業或個人，手上都要有一本『美感存摺』，因為它是新競爭力，我們稱它為『美力』。」美力時代已經到來，每個家長都該為孩子準備一本美感存摺。擁有「美力」的孩子活得更勇敢，更

有自信，而且最重要的是，優游於美的世界，孩子必定能擁有一個無可取代的快樂童年。

不過，別說得這麼嚴肅。事實上，我不知道她們長大以後，會不會繼續創作，或從事繪畫相關行業，我想這不重要，重要的是她們從畫畫中得到樂趣，從掌聲中得到自信，畫畫時的她們是快樂的。

part 1

我的孩子會 畫畫

4歲

妮妮的作品

第一次畫水彩

看得出妮妮在畫什麼嗎？她畫的是「媽媽在跳繩」。上課時老師拿了一條跳繩，告訴孩子們跳躍時頭髮、身體展現不同的律動、飛揚姿態，孩子們就依照自己的想像，開始在圖畫紙上作畫。

這個年齡層的孩子畫人像時比較簡略，以呈現大塊的肢體輪廓為主，等到年紀再大一點之後才懂得畫頭、臉、手腳、指頭等細部畫面。

這是妮妮第一次畫水彩，才四歲的她連水彩筆都握不大穩，就畫出了這張令人驚艷的作品。我在教室外面看妮妮上課，她不用鉛筆打草稿，調了顏色一筆下去就不修改，很有自信地完成了這張畫。

妮妮的第一次
左圖是她畫的「看花」，這是她第一次得獎的作品，那一年她七歲。右畫則是妮妮的同年作品「新春」，她以畫筆呈現了新年舞獅及放鞭炮的熱鬧情景。

7歲

妮妮**的作品**

有張力的帥孔雀

起先妮妮很不喜歡這張作品,所以把它留在教室,不想帶回家。隔了一個禮拜之後,我去她的美術教室看那張畫,她畫了一隻將整張圖畫紙佔滿的孔雀,看起來十分飽滿。我跟她說:「Baby!妳畫得很好啊!如果妳覺得妳畫得不好,那麼,妳認為誰畫得好呢?」

她指了指對面一個姊姊畫的畫,那個姊姊的孔雀華麗夢幻,有迪士尼風格,是個孔雀小公主。當時妮妮只有八歲,而那個姊姊已經十歲了,這兩個年齡層在美術的學習上頗有不同。九歲之前的孩子構圖比較平面,九歲之後的孩子畫圖則有具象的觀念,開始懂得運用遠近透視的技巧。

我看她那張「生猛有力」的孔雀,誠心地跟她說:「妳這張畫真的畫得非常好,因為妳的孔雀有『張力』,她是一隻很帥的孔雀喔!」雖然她對我的形容似懂非懂,不過經過我的讚美,她也開始對自己有信心了。

妮妮畫動物
女兒們非常喜歡動物,經常吵著希望可以在家養寵物,但是受限於公寓生活的種種不便,我始終沒有答應,只讓她們養了一隻小烏龜。小烏龜由五十元硬幣大小,養到現在已經比我的臉還大了。

8歲

妮妮的作品

絲瓜

我不喜歡老師光是「教」孩子作畫的技術，我希望老師能以啟發代替臨摹，讓孩子學習繪畫技巧。由於每個孩子看到的點都是不同的，因此畫出來的作品也各自不同。

這張畫是妮妮還沒考進美術班之前的作品，那天我們上課遲到，進教室時老師已經開始講課，他拿了一個絲瓜，告訴小朋友們種種有關絲瓜的知識。講完之後孩子們紛紛開始在紙上作畫。由於我那天另外有些事情，於是先過去跟老師打個招呼就先離開，等到妮妮畫完再回來接她。打完招呼後我發現妮妮在紙上畫了兩條非常小的絲瓜，我擔心地問她：「今天要畫的主題是絲瓜，妳這樣會不會畫得太小了點？」依照我的想法，既然主題是「絲瓜」，當然要把絲瓜大大地擺在畫面正中間才對啊！

等我辦完事回到教室，如大家所見，她畫了一個絲瓜園，旁邊還有行人經過。她下筆之前心中已經有一個完整的構圖，孩子的創意表現，真讓我們這些腦袋已經被制式教育洗腦的家長們讚嘆不已。

我有點慶幸那天中途離開，沒有一直在她身邊陪她，要不然搞不好我會很雞婆地叫她擦掉，另外畫一張跟別人一樣的作品，也抹煞她獨特的創意了。

妮妮的視覺藝術
這幾張畫是妮妮用粉蠟筆與彩色筆繪製的抽象造型作品，呈現色塊之間各種不同的對比。

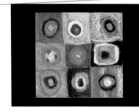
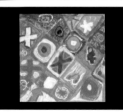
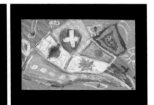

8歲

妮妮的作品

魔髮媽咪

這張畫得了台北市兒童美術創作展金牌獎，並且獲選參加兒童美式創作春季展，也開啓了妮妮考美術班的機緣。

女兒們一直希望我留長髮，不過每次懷孕，想到生產、坐月子、帶小孩的麻煩，我總是還來不及把頭髮留長就剪短了。

不管是語言或者畫畫，大人的邏輯比較死板，經常照本宣科，孩子們的想像力就沒有底限。老師出的題目是「辛苦的媽媽」，妮妮筆下的媽咪用一頭長髮餵小狗、打掃、陪孩子玩、煮飯⋯⋯真是個魔「髮」媽咪。所有的孩子都喜愛具有魔法的事物，在他們眼中，或許能幹的媽咪是用魔法完成所有生活中的大小事。不過看在我們眼裡，孩子的想像力，何嘗不也是一種奇妙的魔法？

妮妮畫國畫

由於國畫得使用毛筆作畫，毛筆比硬筆更需要技巧，因此讓孩子學國畫可以訓練孩子對筆的掌握能力。而且國畫的意境與西畫不同，讓孩子提早接觸屬於東方美學的國畫，可以開啓孩子對美學的另一種視野。

8歲
妮妮的作品

畫家愛誇張

畫家似乎總能抓到視覺上的特色，並且用誇張的手法凸顯這個它。

父親節妮妮用A4圖畫紙畫了一張爸爸畫像，畫好之後拿著畫祝爸爸生日快樂。爸爸看了畫像，第一句話就是：「哎呀！怎麼把我的嘴唇畫這麼厚？」他忘了他們家人的特色就是嘴唇厚，大家看看這張畫，是不是的確捕捉到了他的神韻？

由於我們夫妻兩人長期從事表演工作，所以每當女兒有機會上台演出時，總是不免拿著放大鏡看她的表現。即使表現得可圈可點，我們還是忍不住要念她幾句：「妳表演得很好，『可是』……」，總是有太多的「可是」，不免讓孩子的心理受到影響。在繪畫方面，由於我們對這個領域接觸較少，從小女兒畫的任何畫作，甚至簡筆塗鴉都能引起我們的讚美，或許也就是因為大量的讚美讓女兒在繪畫領域中更有自信，因此越畫越好。

妮妮的猴子
這張猴子是妮妮還沒進入美術班前的作品，她以炭筆與水彩繪製這張作品，完成之後，獲選參加台北市兒童美術創作展。

9歲

妮妮的作品

青銅器

妮妮很小的時候，有一次從畫畫班放學回來，她興奮地告訴我：「老師說，畢卡索也跟小孩子學畫畫！」即使像畢卡索這樣的大師，中間經歷了精細、具象的過程，但是他還是推崇孩子的天真與創意，讓自己的作品反璞歸真。

隨著年紀成長，孩子的畫一定會越來越具象，越來越精細。我實在很擔心孩子技巧愈學愈多之後，畫出來的畫失去童心，甚至呈現出一股匠氣。

有一次妮妮全班去歷史博物館參觀青銅器，回來之後他們做了一些立體作品，也畫下了這張作品。這張圖畫技巧、筆法明顯細膩許多。不過從這張畫裡面參觀者生動的神情，以及畫中人物細微的互動，我們還是可以看到妮妮內心世界充滿童趣的那一面。

進入美術班之後

妮妮進入美術班之後的作品，筆觸比之前更為精細而成熟，尤其對於細節的處理比以前更為仔細，不過我最愛看她畫中人物的微妙互動表情。妮妮不愛說話，但從她的畫中，彷彿告訴了我們許多故事。

這張畫我登在網路上時引起熱烈迴響。妮妮畫的是我的助理小黑，有人在網站上面問：「請問小黑姊姊是台灣人還是外國人呢？」妮妮趕快上網站留言，告訴大家美麗的小黑姊姊不但不是外國人，而且也不黑。有的網友認為這張畫很「性格」，不過看過助理本人的人，都覺得這張畫其實最像的是神情中微妙的氣質。

妮妮畫圖很有自信，用支黑色簽字筆就可以在紙上作畫，不需要用鉛筆打草稿，一筆下去就不更改。這張畫畫的是國畫老師小元老師，因為要交美術作業，所以她請小元老師當她的model，也不用打草稿，用簽字筆刷刷刷，不到十分鐘就畫好了。

4歲

娜娜的作品

裡頭有隻大象，你看到了嗎？

娜娜是個很善於使用言語的孩子，從小就有能力用語言將她心中的想法清楚表達出來。

兩三年前我幫妮妮尋訪名師，帶著兩個孩子去各個美術教室試聽、比較，有一天去了一個美術教室參觀他們的上課情形，娜娜看到小朋友在畫畫，忍不住也想一起畫，在旁邊討了紙筆，也塗滿一大張。畫完以後老師幫課堂上小朋友講評，娜娜這張塗鴉也被掛在牆壁上，問她畫的是什麼，娜娜指著那一片塗鴉說：「這裡面有一隻大象，旁邊有一灘水，大象踩到了水，腳溼了，所以牠把腳抬起來了。」前幾天我找到這張畫，我問她還記得這張圖嗎？她又把這個大象故事講了一遍。這張圖表面看起來是一片塗鴉，但對娜娜而言，裡面有一隻只有她看得到的大象。

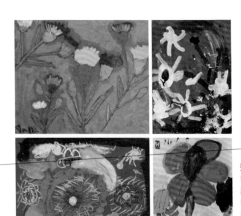

娜娜的花系列

每個孩子都喜歡畫花，尤其是康乃馨。幾乎每年母親節，我都會收到女兒們畫給我的康乃馨。左上左下分別是娜娜以粉彩及各種顏料畫成的康乃馨，右上是廣告顏料作品，右下則是水墨花朵。

請將本圖順時鐘旋轉90度→

8歲 4歲

妮妮的作品　　　娜娜的作品

企鵝

娜娜是老二，老二的學習通常比較快，因為可以耳濡目染直接接收老大的學習成果。舉個例子來說，一般孩子在這個年紀時畫人像只會畫正面，但娜娜開始學畫時姊姊就已經會畫側面了，所以娜娜也自然而然跟著姊姊畫側面，比一般孩子要早得多。

暑假時妮妮跟娜娜一起去上美術班，同樣的時間、同樣的主題，姊妹倆卻總是畫出迥然不同的味道。

每個孩子天生對於顏色有自己的偏好，但偏好的顏色又有階段性，從孩子作畫的顏色可以看出這個時期她內心對周圍環境的意識。娜娜剛進美術班時每一張畫多以藍色、綠色為主，不過一段時間後，她開始大量使用粉紅、粉紫的暖色系，只要是她喜歡的東西，她都會畫上這樣的顏色。

以這張企鵝而言，上圖妮妮用大量的藍色畫出北極冰天雪地的寒冷感，真實度很高；下圖娜娜的企鵝造型明確，卻大量使用她最愛的粉紅色，充滿想像力。

姊妹畫小丑魚

這兩張小丑魚也是姊妹倆畫的同樣主題畫作。同樣橘底白條紋的小丑魚，姊姊用了深深淺淺的藍色，呈現真實的海水色澤；妹妹依舊使用了粉紅色系，讓海底展現一片浪漫。

Niki 2004

NANA 2.04

偏心的娜娜

我的包包裡隨時都擺了紙筆,只要孩子想畫畫,隨時都可以讓她們隨時發揮。

我家對面有一個經紀工作室,我常常會到那裡開會,工作室有三個女職員——Bo Bo阿姨、孟欣姊姊、Jo Jo姊姊,每當我們大人開會的時候,娜娜就會在一旁安安靜靜開始拿出紙筆開始畫畫。娜娜最愛孟欣姊姊,每次畫圖必然把孟欣姊姊畫在畫面正中央,必然把她畫得最漂亮,而且必然把孟欣姊姊畫成她最愛的粉紅色,畫好之後Bo Bo阿姨就會把這些畫釘在公司的牆面上。

這半年娜娜因為音樂班及語文課程,時間比較緊,沒有再去上繪畫班,可是看著牆上這一系列的圖畫,同樣的三個人,孟欣姊姊還是在中間,還是為她畫上粉紅色,可是筆觸技巧一張比一張成熟。光是看這些畫就可以清楚地知道,這個孩子慢慢地長大了。

娜娜愛塗鴉

我有一個朋友是童書作者,娜娜特別喜歡她來我們家作客。每次她來到我們家時,娜娜就會主動拿出畫紙跟蠟筆,跟她一起畫畫。儘管娜娜手指還無法完全掌控畫筆,畫不出神似的形狀,但她會用許多顏色把畫面全部塗滿,很有耐性。

9歲 5歲

妮妮**的作品** 娜娜**的作品**

101大樓

我有個朋友從她家陽台看出去就看得到101大樓,有一天我的朋友忽然想到,可以找妮妮、娜娜與她的孩子一起畫這棟世界最高的大樓,於是我們配合這棟大樓的造型特別訂做了六塊寬二十公分、高一百二十公分又細又高的特殊尺寸畫板,供孩子們作畫。

妮妮在學校多少有過寫生經驗,但對娜娜來說,這是她第一次實品寫生。孩子的年齡層對作畫技法有很大的影響,左圖妮妮的畫面已經呈現出相當程度的立體感,由這棟大樓與地面連接的底層,往上慢慢縮小,底層距離較近的地方她用了較亮的顏料,越到上面越模糊。但娜娜的右圖顯然還停留在平面的世界,她把大樓攔腰一切,從大樓中間開始畫,短短胖胖地簡直就像是可以吃的奶油蛋糕,每一層她都照著自己的喜好上了不同的顏色。

那個下午,三個小孩就這樣對著一棟大樓畫了三小時。只要是做孩子有興趣的事情,他們一點都不會不耐煩!

姊妹畫城堡
這兩張「城堡」,同樣是姊妹一起去繪畫班畫出來的作品。姊姊使用了很多細膩的筆觸,將顏色與線條仔細勾勒上去;妹妹則大筆大筆用色塊往上壓,表現了她心目中用岩石建造出來的童話城堡質地。

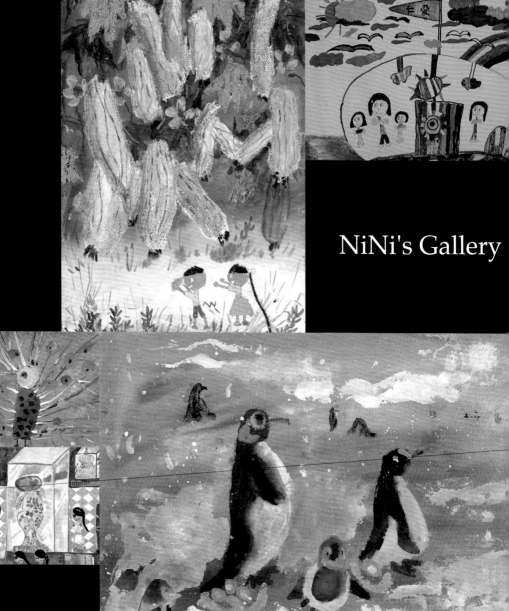

NiNi's Gallery

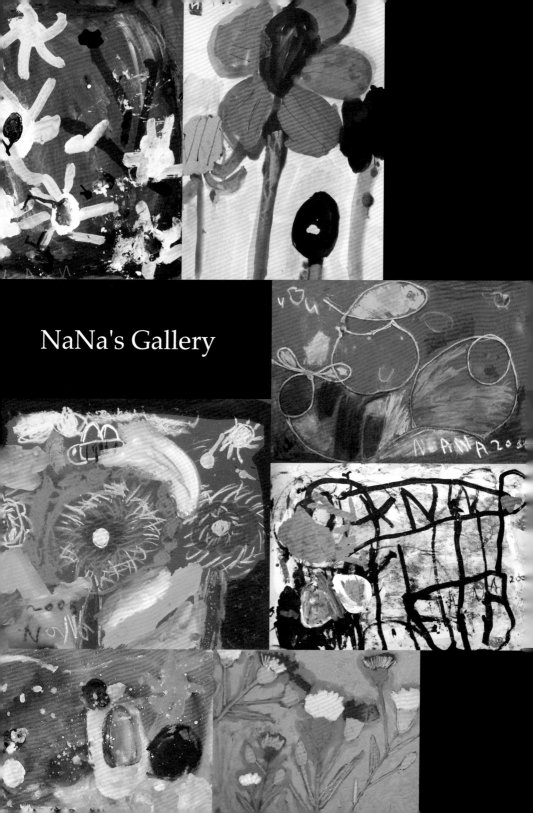

NaNa's Gallery

part 2

妮妮、娜娜、娣娣　一起來

幫孩子拍照

學畫畫對父母而言或許太遲了一點，但感謝相機的發明，讓父母得以用相機記錄孩子的成長。

還沒跟歐陽龍結婚前，我就已經開始玩相機了。歐陽龍喜歡買名牌相機，我們一起去外地拍戲的時候，經常利用拍戲空檔互相拍照。藝人經常要提供一些照片讓記者發稿運用，我們就會用我們自己拍的照片提供給記者，如果登出來的版面小，表示拍的技術不怎麼樣，如果登出來的版面大，就表示拍出來的照片具有專業水準。

生了孩子之後，我簡直進入了拍照的瘋狂時代。尤其妮妮初生那段時間，每天都忍不住要拍一堆她的照片，即使照片拍糊了，只要是女兒的一顰一笑，我這個做媽的都覺得是了不得的珍貴畫面。那段時間買底片都是十幾二十捲地買，天天都有兩三捲底片送洗，對拍照瘋狂著迷的程度，連我先生都覺得我有病！

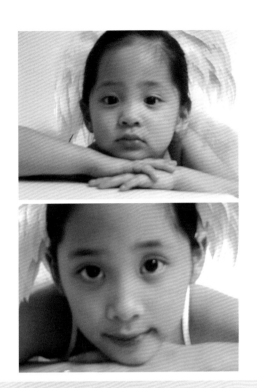

還好後來出現了數位相機。我之所以開始學電腦，跟數位相機脫不了關係。對我這個年齡層的人而言，剛開始接觸電腦時，又是開機關機、又是各種程式，最好能不碰就不碰。為了使用數位相機我才不得不開始學電腦。數位相機真是每個家長的寶物，有了它，再也不用擔心無限上升的沖洗照片費用，不須擔心相片變質變色，也不用再擔心滿坑滿谷洗好的照片找不到地方放了。使用數位相機之後，只要接個線，不用等，不必沖洗，建幾個資料夾，用滑鼠拉一拉，立刻就整理好了。而且隨著數位相機硬體技術的日新月異，不只使用愈來愈方便，像數、記憶體容量也愈來愈大，每個家長都可以用數位相機記錄自己孩子的成長。我自己就完整地規劃了三個女兒們的相簿，等到將來她們出嫁的時候，這些相片資料絕對是最珍貴的嫁妝。

關於數位相機的拍照技巧，我把經驗分享給大家，讓大家都能享受幫孩子拍照的樂趣。

光線

對業餘攝影師而言，光線對了，照片就成功了一大半。孩子不是專業的模特兒，不可能配合家長找光擺姿勢，所以要拍一張好照，家長必須時時刻刻主動「找光」，一旦光對了，立刻毫不猶豫拿出相機就開始拍照。尤其當孩子還是小Baby的時候，只要看到光線良好的位置，趕快把孩子擺過去，這樣就可以拍出一張好照。

戶外的光線大多比室內好，但是一家人待在家裡的時間畢竟比較多，所以我建議大家不妨多多到家裡的各個角落，比如窗前、燈下，或是其他意想不到的角落，用眼睛以及相機去捕捉各處光源在每個時段不同的變化，等到要拍照的時候，就可以立刻抓到各個角落不同光源帶來的特殊效果。

有一次妮妮穿著睡衣洗完頭，我覺得她頭髮半乾的樣子好可愛，立刻抓著相機在全家不同的地方邊玩邊拍，後來在一個櫃子旁的角落拍攝完這組照片，雖然是個意想不到的奇怪地點，但效果真是好極了。

另外一次更好笑，我們母女三人穿著禮服幫一家婚紗公司拍宣傳照，拍照的空檔我頂著大濃妝穿著禮服就趕快抓著相機拍女兒。此時我忽然發現攝影棚有個天井，陽光透過玻璃撒下來好好看，我趕緊叫女兒到天井底下面讓我拍照，娜娜那天已經累了，所以拍出了這一組又慵懶又可愛的照片。

角度

以前比較老氣的拍照手法大多主角站中間，後面是各種風景襯底。但是我特別喜歡幫孩子拍特寫，拍特寫可以不顧背景的雜亂，又能捕捉孩子生動的表情，大家不妨試試看。

孩子的臉哪裡最好看，每個家長最明白，但照相時不妨試著大膽用各種角度玩玩不同的變化，反正數位相機不必耗費成本，用實驗的態度多拍幾次，必定能找出最適合孩子的拍攝角度。一般來說，由斜角四十五度拍最能讓臉部呈現立體感，尤其很多孩子在成年前鼻樑都還沒長好，鼻子顯得比較塌，用四十五度角拍，可以讓鼻子看起來更挺，臉看起來更小。此外，如果孩子太瘦，想把他拍得豐腴些就使用仰角；如果孩子比較胖，想把他拍瘦一點，相機就應該比孩子高一點，用俯角拍攝。

表情

娜娜剛出生沒多久，第一次回家洗澡的時候，我跟妮妮七手八腳忙著一邊洗澡一邊架相機，務必要照下這寶貴的一刻。拍到一半，妮妮忽然有點吃味：「媽媽，娜娜有第一次洗澡的照片，那我有嗎？」還好我真的有幫妮妮拍過她第一次洗澡的照片，我得意地拿出那張照片，證明媽媽的愛，可不偏心！娜娜第一次洗澡照有妮妮幫忙抱著她，我只要負責按快門，妮妮的第一次洗澡照，我一個人又要拍照又要幫她洗澡，還特地拿了個小救生圈圈住妮妮才拍成這張照片。

別想要孩子擺好姿勢讓你拍，孩子既沒有受過訓練，專注力又差，所以家長一定得辛苦些，必須由攝影師不斷移動、轉動去捕捉孩子最生動的角度，而非指揮孩子就定位，這樣才能拍出最生動的照片。

以前由於底片難得，家長通常希望拍攝的都是孩子笑的照片。但是使用數位相機之後，家長大可以放開以往保守的照相觀念，多多拍攝孩子不經意的各種表情，不管是哭了、生氣、睡著了，甚至是坐在馬桶上面「嗯嗯」的表情，這些都會是最真實生動的畫面。孩子有很多機會需要證件照，但是去照相館拍的效果通常很差，不妨平日多拍一些照片，由數百張照片中挑出一張洗成證件照，保證效果比僵硬的照相館作品要好看得多。

硬體

標準鏡頭焦段是50mm，以前我使用傳統相機時使用28mm～135mm的伸縮鏡頭，我喜歡人在稍遠的距離用鏡頭Zoom In「吊」著拍，一方面不要太靠近孩子，免得孩子表情不自然，再者用這種方式拍出來背景會比較模糊，正好可以凸顯出主體的特色。不過使用這種鏡頭手一定要夠穩，拍照時一手托住相機底部，另外一手按快門，可以增加穩定度。我不大喜歡用功能太簡單的傻瓜相機，半自動的相機雖然貴一些，其實用起來不比傻瓜相機麻煩太多。雖然這種「半傻瓜相機」稍微貴一點，可是相信我，這些硬體貴得有道理，拍出來的效果硬是比純傻瓜相機好得多。

整理照片

每一年新年之前，我會在「我的圖片」裡面開好一個屬於這一年的資料夾（如「2006年」），在這個資料夾之下再分十二個月份，拍好照片之後按照月份直接先丟到這個資料夾中。除了十二個月份之外，一些每年必定有的固定事件--比如三個女兒的生日，可以預先開好這些資料夾，拍好之後先按月丟到月份資料夾中，再將屬於事件的照片複製到事件資料夾中。我喜歡用「複製」功能而非「移動」功能，這樣兩處都會有照片，不必費力記照片放在哪個資料夾，以後尋找照片時比較方便。除了「月份」、「事件」之外，還要把每個孩子單獨的照片拉出來開「妮妮」、「娜娜」、「娣娣」資料夾，最後記得開一個「要洗的照片」資料夾，遇到好的照片最好還是拿去沖印店洗出來，這樣不但觀賞方便，而且如果臨時需要照片的話，可以直接從這個資料夾抓照片出來洗，我的女兒們參加考試、護照上的大頭照，都是我自己拍好之後，再從這裡抓出來的喔！

辦場成功的派對

妮妮周歲時我們幫她在飯店辦了第一個生日party，她看著這些圍繞著她的賓客，彷彿第一次真正張開眼睛看這個世界。

我的父親為人熱情海派，從我有記憶以來，家中就經常大大小小party不斷。生了自己的小孩之後，每年萬聖節、聖誕節，孩子們的生日也必然要辦party，這麼多party辦下來，發現party要成功，有一些原則不得不注意。

前期設定

必須先確定party的時間與目的。時間非常重要，必須儘快確定時間，這樣才有辦法提早做準備，也才能提早通知來賓。為了讓party順利進行，在擬定party時間之前，我會去氣象局網站查詢一週天氣，這一點對於戶外party格外重要。

派對的目的也必須設立清楚。是生日party還是其他性質的party？目的決定party屬性，決定了屬性之後才有辦法進一步安排party節目。

通常必須在party前十天就得確定時間與目的，如果party中有表演節目，如魔術師或小丑的話，就需要將準備時間往前提，以免他們的檔期已經被別人先預約了。

邀約來賓

這個部份可由家長與孩子一起商量。前幾年主要由我執行，妮妮從旁協助，現在她已經學會自己做列名單的動作了。列好名單後，就得製作邀請函。

邀請函中必須詳列時間、地點，還得寫上連絡人電話，這樣如果有任何狀況（如天候影響、賓客臨時找不到地點），來賓才有辦法緊急連絡。

除此之外，我會在邀請函中寫上party的流程，這樣來賓就可以很快地從邀請函中知道party大概的內容，以及幾點會做什麼，有助於時間掌控。辦party最重要的事情是事先通告，現在大家都很忙，起碼要提前一週通知受邀來賓。

大部分的人都有傳真機或者e-mail帳號，打電話邀請賓客的時候，可以順便問一下對方使用傳真或e-mail，之後就可以將邀請函傳過去，這樣才算完成邀約的動作。

通常我會把名單、電話、傳真或e-mail做成一個表格，打完電話傳完邀請函之後可以在上面做個記號，這樣就不至於漏掉任何一個步驟。

活動流程

一場party成功與否，節目與流程的安排最重要，否則租了再好的場地，大家也不

過去那邊吃吃喝喝，難以令人留下深刻的印象。

Party的「焦點」很重要。生日派對的焦點必然是當日的壽星，因此，必須安排一些活動，讓賓客可以聚焦在壽星身上。切蛋糕通常是生日party的高潮，有個獨特的生日蛋糕，也可以讓這場party加分不少。有一年我去量販店買了一個很大很大、但是完全沒有裝飾的蛋糕，買回來之後我再另外買了裝飾用的鮮奶油，讓妮妮發揮長才，自己畫蛋糕，這個獨一無二的蛋糕，果然讓人印象深刻。

除了主題節目之外，前後其他流程安排也要考慮清楚。假如壓軸的重頭戲是魔術表演，我就會安排一些親友的唱歌跳舞穿插。即使只是孩子的party，還是要緊密精彩，不能拖拖拉拉。很多孩子的表現欲很強，生日party正好可以當作他們發表的舞台。有些孩子平常就有學鋼琴、小提琴，此時也不妨邀請他們表演一個節目。

在每次party中，我都會安排一段時間，依序讓每個孩子都上台說話。我希望每位前來參加party的孩子都是party的主角，而且在整個party中有參與感。除了安排上台說話之外，我也一定安排所有的孩子個別合照。在孩子的成長歷程中，或許之後他們都沒有機會再見面了，這樣的照片就是無比珍貴的回憶。

活動不能太長，最長不能超過三個小時。前面半個小時讓大家陸續進場，最後半個小時有人會提前離席，因此中間兩個小時必須妥善規劃才不會冷場。

選擇地點

對於中年級以下的孩子而言，公園是辦party的絕佳場地。我喜歡挑選有兒童遊樂設施的公園，孩子們可以盡情地在公園使用遊具、跑跳。party當天可以準備一個手提式的麥克風，要講話的時候使用，或者直接攜帶可外接麥克風的手提音響，使用起來非常方便。

雖然辦公園party理論上不需要事先申請，但為了確保公園party順利進行，在舉辦之前還是可以跟當地里長先提出申請，里長就會幫忙向管區報備。我辦公園party時會準備兩張長條型的簡易桌子，其中一張放蛋糕，另外一張放禮物，並且一定要準備一個套好垃圾袋的紙箱，方便party結束的垃圾清理。

不過公園party的缺點是十分受限於天候的影響，曾經有一次我辦的公園party忽然遇到大雷雨，以致於完全無法進行，還好我辦戶外party的時候一定會準備備用方案，要不然這個party就辦不成了。

除了公園之外，有一些遊樂場（如湯姆龍）、速食店（如麥當勞）也承辦生日party，由於他們相當有經驗，所以在那邊辦生日party，家長省事不少。

孩子的年紀稍大以後通常會喜歡KTV party，可以租大一點的包廂，裡面還有舞台，如果孩子喜歡表演的話，倒是個方便又受歡迎的選擇。

如果是比較正式的party，如滿月、周歲等等，就可以考慮租用飯店宴會廳，那邊場地、餐點都比較精緻，因此能給賓客隆重的感覺。

贈禮回禮

前來參加party的孩子通常會準備禮物，因此在party結束之前，我會贈送來參加的孩子一包糖果與一份禮物當作回禮。其實家裡有孩子的人一定家中會有很多幾乎是全新的，但是因為年齡不對、孩子沒興趣因而沒有用的玩具，這些玩具就可以當作參與party賓客的回禮。

Welcome to NiNi's Birthday Party

NiNi's **9** Years old
Birthday party Invitation

2005年3月20日 星期日

時間：2005年3月20日星期日下午15:00~17:00
地點：台北市四維路66巷（德安公園）

我的八歲有很多值得紀念的事……

我考上了美術班，
轉學到民族國小

媽媽生了個妹妹
歐陽娣娣

演了第一齣舞台劇
"THE SECRET OF A CANDY BOX"

聖誕老公公送我~我最想要的

現在我要跟我的8歲說 Bye-Bye 了!!
Welcome to my 9 years Birthday Party

歐陽娣娣滿悅

2004.Aug.30

DiDi's Party

別以爲孩子不敢

「這個角色我喜歡，因為我跟克拉拉一樣小氣。我是通過三次考試才能進入受訓，受訓完拿到劇本才開始真正的排練，每次排練我都很緊張，怕背錯台詞，丟本時我很緊張，我怕我一直說『Line』，Line的意思是要叫他們給我們提詞。最後我們二十位同學都沒有唸錯。希望下次也能參加這個劇團。」這是妮妮在演出《糖果盒的祕密》後寫在連絡簿上的感想，那場演出讓我見識到孩子的潛力無窮。

我一直以為女兒既不會也不敢上台演戲，所以主動幫她推掉了許多表演邀約。甚至有一次遇到一位製作人，他在妮妮的面前邀我帶著妮妮軋一角，我認為妮妮一定既沒興趣也沒膽量，立刻幫她婉拒：「她不想演的啦！不信你問她嘛！」果然當著我的面，妮妮立刻回答：「對，我不要。」事實上這是一種家長的引導式問話，家長已經主觀地替孩子拒絕，孩子自然會順著家長的心意回答，可是這卻不一定是孩子心裡的真實感受。

去年佳音兒童文教基金會成立了佳音英語劇團，執行長給了我一些傳單，請我幫忙找一些小朋友參加徵選。我將傳單發給周圍的鄰居，不過家長們多半認為自己的孩子不行，直接推掉這個機會。事後想想，這種態度值得商榷，不管最後結果如何，參加甄選的過程本身就是個很好的學習機會，在還沒有開始之前就剝奪了這個機會，對孩子實在不公平。

報名的小朋友有好幾百人，第一關考聽力測驗筆試，筆試通過之後等候通知，進入第二關面試。面試的時候七個小朋友一組，一起進去表演。評審有六位，只要其中有一位評審打勾，這個小朋友就可以再進入下一階段的考試。這一關妮妮也很輕鬆地以六位評審全數通過的高分進入了下一關。

第三關則是一個一個小朋友單獨進去面對六個評審，小朋友要準備一段英文自我介紹、朗讀一首英文詩、與老師對演一段劇本，還要與外籍評審做一小段英語對話。妮妮的個性大而化之，在面試的過程中評審問她喜歡哪種動物，她想起曾經養過一種黃金鼠，她喜歡黃金鼠的叫聲，於是她就蹲下身去模仿起老鼠叫。她完全忘記自己正在面試，已經把評審當成聊天對象，這樣大方自然的態度，讓她入選了劇團。

演出的劇碼是由《胡桃鉗》改編而成的《糖果盒的祕密》，劇團特別請了一位從紐約回來的導演導戲，選角前導演請每個團員準備一個表演項目，由於我當時懷孕行動不便，沒有陪她去排練，所以不曉得導演出了這項功課，少根筋的妮妮又忘了這件事，因此當天妮妮臨場的表演竟然是「跑步」！

我們事後聽了都覺得不可思議，照大人的思考邏輯，就算沒有準備，唱首歌、跳個舞，再不濟吹個直笛也好吧！但妮妮卻認為跑步是她的強項──她是學校接力賽的最後一棒，還常常催促同學課後練跑，為什麼不能表演跑步？

沒想到妮妮奮勇跑步的樣子，讓導演覺得這活脫脫就是女主角克拉拉被大老鼠猛追的化身，竟然因此選了妮妮當女主角，也因此妮妮第一次上大舞台，就當上了女主角。

妮妮隨著劇團在台北、台中、高雄演出了五場。一向在台上表演的我，在台下看女兒的表演，除了為她的努力成績感動之外，同時也羨慕她竟然在這樣的年紀就有這樣的機會。記得我第一次站上大舞台演戲是十七歲，在救國團的千人表演，演出結束鞠躬謝幕的那一刻永生難忘。相信這次的演出，也會讓她一生難忘。

《糖果盒的祕密》演出之後，妮妮又做了另外一件令我刮目相看的事。

跟妮妮一起演出《糖果盒的祕密》的男主角李昕是大愛小主播，因為即將小學畢業，因此大愛電視台開始招考新任大愛小主播，工作人員打電話來邀請妮妮試鏡。當下我的第一個反應竟然又是：「妮妮不行的啦！」我心想小主播這個工作相當複雜，想必妮妮自己也沒有膽量接下，沒想到妮妮想了一天，居然決定要去試鏡。於是我們跟大愛約了時間，就前往攝影棚。

當個主播真是不容易，除了要聽導播指揮倒數、讀稿、等錄影帶畫面之外，字幕機還要自己用腳踩，偏偏妮妮是個大近視，不得已只好將字幕機的字放得很大，原本一句一段的字幕因為字級放大，兩三個字就跳一段，跟平時的閱讀習慣大不相同。此外，主播必須佩戴耳機以便接收導播隨時傳來的各項訊息，可是主控室裡面各種各樣的雜音、談話聲也會透過耳機傳到耳機中，要能完全不受耳機的干擾流暢地播報新聞，真不是件容易的事。

試鏡當天有兩個小朋友一起試鏡，前面試鏡的小朋友非常緊張，不斷地吃螺絲。輪到妮妮試鏡的時候，她忽然轉頭對我說，「媽媽，請妳出去，不要看我錄影，要不然我會緊張。」我只好離開現場，攝影棚門一關，我就立刻衝到副控室，偷偷看她播報的狀況。雖然她從來沒有進攝影棚播過新聞，卻非常自然地與導播討論流程，接著播報新聞，一點兒也不緊張。

那一刻我真是對她刮目相看，儘管是朝夕相處的女兒，我卻不了解她的能力，她明明表現得這麼好，我卻一味認為她不敢，她不行。成人的世界充滿了太多擔心，但在孩子的世界裡，這一切可能都只是一場認真的遊戲，別以為孩子不敢，給孩子一個機會，孩子們會展現出令人刮目相看的大將之風。

妮妮上考場

在一次演講場合上，我遇到了一個熱心的家長，恰好那個時候妮妮剛剛得了一個美術獎，演講結束之後，我們聊到這個話題，這位家長建議我，既然妮妮這麼有繪畫天分，何不讓妮妮報考美術班？

老實說，我根本不曉得什麼是美術班，也不知道台北市哪裡有美術班可以念。這位媽媽告訴我，她的兒子國小曾經就讀美術班，現在考上成大建築系。念美術班不但可以給孩子良好的美術教育，即使日後不走美術這條路，從小紮根的美學基礎對日後也相當有幫助，更何況在外頭補習學美術很昂貴，不如讓孩子直接讀美術班，這樣可以節省不少開銷。

大部分的家長都跟我一樣，根本不知道除了一般國小教育之外，可以讓孩子報考「美術班」。我經過四處打聽才知道，除了學校本身設有美術班的學生知道這個訊息之外，外校報考美術班的孩子，多半家長本身就從事教育工作，消息比較靈通。既然妮妮有天分又有興趣，當然我們就幫她報名了台北市國小美術班聯招，讓她往這條路邁進。

美術班聯招在五月二十九日舉行，娣娣的預產期在七月底，為了迎接妮妮生平第一次大考，那段時間我成天挺了個大肚子幫妮妮安排補習、報名、看考場，雖然很辛苦，但也十分興奮。考試當天我這個媽比她還緊張，早上七點就起來準備，大熱天陪著小姐上考場，生怕妮妮沒有考試經驗，大意失荊州。

第一堂考創意線畫，她很順利地考完。中場休息時間二十分鐘，她告訴我想去上廁所，我在考場外等了老半天還不見她回來，原來她在考場遇到認識的朋友，聊起天來了。

「那妳廁所上完了沒？」
「沒，廁所太臭了，我不要上。」

我一聽大驚，下一堂考試時間長達九十分鐘，大小姐現在不去上廁所，考到一半尿急怎麼辦？我挺著大肚子軟硬兼施催她上廁所，又急又氣差點連肚子都痛了起來。更嚇人的是小姐上完廁所後人又不見了，我在考場外面左等右盼不見人影，

眼見考試時間一分一秒逼近，急得我發動親朋好友幫忙找人。後來才知道妮妮走捷徑，上完廁所之後早已經由另外一側的樓梯自己上樓進考場，自行開始準備下一節的試。由此可知孩子對於重要的事情比大人想像得聰明，他們有能力自己搞定自己的事情，大人在旁邊神經緊張，根本就是瞎操心。

第二堂考平面繪畫，由一位家長進去抽題，結果那位家長抽到了：「鐵窗與鐵絲網」，我在外面跟一群家長抱怨出題古怪，也不知道妮妮看不看得懂題目，總算熬到考試時間結束，妮妮一出來我急忙問她畫得如何，她說：「鐵窗我知道是什麼，我畫了從教室裡看出去的窗戶，但是我不知道什麼是鐵絲網，所以沒畫。」我一聽又是一身冷汗。

第三堂考立體造型，也就是捏黏土，題目是「魔術師」。通常製作立體造型會附一些竹籤之類的小工具，讓他們可以在製作時輔助使用。考試那天附的工具是小水桶與小叉子，妮妮考試前舉手問了監考老師是否可以將這兩個小工具加在作品裡，老師答應了她，於是她很有創意地將小水桶做成了底座，小叉子則做成魔法師的魔杖，成了一個十分特別的黏土作品。

本來考試那天我們安排了全家大小一起去花蓮的旅行，由於我帶著妮妮上考場，就由外婆帶著娜娜先去花蓮，等到妮妮考完，我再帶著妮妮去花蓮跟他們會合。我的心一半盯著妮妮考試，另外一半又飄到娜娜身上，娜娜從來都沒有離開過我的身邊，這次是她第一次單獨跟外婆出遊，沿途不曉得會有什麼狀況，真是越想越擔心。總算等到妮妮考完了試，我們急忙趕赴機場，準備直飛花蓮，沒想到這個節骨眼，花蓮機場居然因為風太大，飛機停飛了！

在機場等了又等，確定班機不可能起飛之後，我只好又挺著大肚子趕到松山火車站，趕快買了火車票，大包小包一路趕火車，花了三小時終於抵達花蓮。總算一家團圓，也結束了這驚險刺激又高潮迭起的一天。

全省現有國小美術班一覽表

信義國民小學美術班(基隆市)

建安國民小學美術班(台北市)

民族國民小學美術班(台北市)

永平國民小學美術班(台北縣)

樹林市大同國民小學美術班(台北縣)

新埔國民小學美術班(台北縣)

淡水國民小學美術班(台北縣)

泰山國民小學美術班(台北縣)

修德國民小學美術班(台北縣)

自強國民小學美術班(台北縣)

桃園國民小學美術班(桃園縣)

國立新竹師院實小美術班(新竹市)

新社國民小學美術班(新竹縣)

大同國小美術班(苗栗縣)

通霄國民小學美術班(苗栗縣)

頭份國小美術班(苗栗縣)

大同國民小學美術班(台中市)

順天國民小學美術班(台中縣)

忠孝國民小學美術班(彰化縣)

元長國民小學美術班(雲林縣)

立人國民小學美術班(台南市)

麻豆國民小學美術班(台南縣)

永康國民小學美術班(台南縣)

月津國民小學美術班(台南縣)

屏山國民小學美術班(高雄市)

七賢國民小學美術班(高雄市)

鳳西國民小學美術班(高雄縣)

林園國民小學美術班(高雄縣)

恆春國民小學美術班(屏東縣)

東隆國民小學美術班(屏東縣)

中正國民小學美術班(屏東縣)

中山國民小學美術班(宜蘭縣)

國立台東師院附屬實小美術班(台東市)

快快樂樂學音樂

除了美術之外，妮妮從小就跟著鄰居的孩子一起學音樂。妮妮是個喜歡表演的孩子，在音樂班唱歌、跳舞、表演都很開心，但是開始上鋼琴課程後就讓人感受到為何古人要「易子而教」的道理。每天催促她練琴就是我們親子間口角的開始，大家都很不開心。學音樂這條路，繼續下去很痛苦，中斷了又可惜。我想要讓女兒接觸音樂，卻換來女兒的不快樂，這樣真的有意義嗎？正好在這個時候，聽說有一位教「音樂欣賞」的老師，教得非常好，讓我們不妨去試一試。

我們認知的音樂班不外乎鋼琴、小提琴，「音樂欣賞」？乍聽之下讓人有些摸不著頭腦。

我先去試聽了一堂針對家長開設的課程，那時台北愛樂剛好正在演出莫扎特的《魔笛》，這位老師就從《魔笛》的劇情開始講起，旁及各個角色特性、什麼是男高音、女高音……等等相關資訊，聽得大家津津有味。聽完一堂課之後，老師跟家長一一面談，確認如果雙方對孩子學音樂的想法相同，才收孩子當學生。

這位老師先釐清家長對「學音樂」這件事的期待，台灣的家長們的思考太過功利，日復一日緊逼孩子練鋼琴，彷彿要讓孩子當古典鋼琴演奏家，逼了幾年之後孩子很可能因為課業壓力無法繼續練琴，但之前逼孩子練琴逼得太緊造成情緒反彈，孩子很可能恨透了音樂，再也不願意碰鋼琴，也連帶壞了孩子一輩子對音樂的熱情。音樂對於人生的意義在於培養對美感的感受力，聽到一首歌曲，聽到一段音樂，能在其中享受到它的美好，並且從中獲得快樂，這才是一生受用的能力。過於追逐結果而給孩子太多音樂學習上的壓力，不但捨本逐末，甚至會危害孩子熱愛音樂的天性。

這位老師的音樂教育以奧福教學法（註）為主，除了必修的音階課程之外，老師會以各種樂器演奏出來的聲音，讓孩子們打開耳朵學習聆聽——單獨聆聽的感受是什

麼，什麼樂器加上什麼樂器，又會有怎樣奇妙的變化。除了聆聽之外，演奏也是不可缺的一環，與一般音樂教學不同，這裡的演奏課程精神在於「分享」，如果孩子在別的地方學了鋼琴、小提琴，老師會安排入表演中，如果孩子沒有其他專長，就在課堂中學習直笛，形成一個合奏。

課程中藉由各式各樣的音樂劇，詳細告訴孩子們這齣音樂劇的劇情是什麼，音樂的背景是什麼，各式各樣相關的資料、聆聽的方法。尤其是歌劇，或許你聽不懂演唱者的語言，但聽到這樣的音樂，會有怎樣的感受。

第一個課程教授的就是《魔笛》，我們全家一起去欣賞了這個表演，並且買了全套CD，沒事就放來聽，我的女兒們愛透了這齣歌劇的點點滴滴。全家每天談論的是《魔笛》、聽的是《魔笛》、唱的也是《魔笛》。我還為女兒收集了三種不同的版本，細細比較各種版本的差異，那段時間真可說是我們家的「魔笛季」。

上了音樂欣賞課之後，妮妮重拾鋼琴的興趣，重新繼續她的練琴生涯。雖然她沒有耐心練琴，但是學鋼琴不是只有古典鋼琴一途，我讓她自由自在地學一些鋼琴小曲集，進度隨她開心，完全不給壓力。還記得我懷妹妹的那一陣子她正在練《春之歌》，我不斷地稱讚她：「哇！這首歌怎麼這麼好聽！妳看，連妹妹聽了都動了耶！」受到了我們的鼓勵，她更加勤練這首曲子。反覆練琴真的很無趣，卻是必經的過程，孩子的學習需要動力，如果孩子真的沒有耐心毅力按部就班地學習正統鋼琴，不妨轉個彎，讓她由鋼琴小曲培養興趣。即使進度慢一些，保持了視譜能力兩手彈奏的協調性，將來也可以轉學爵士鋼琴或電子琴，既免除了孩子的學習恐懼，又不至於讓孩子中斷了音樂的學習。

娜娜練琴的狀況與姊姊不同。她先由音樂欣賞班上起，所以視譜能力很強，學鋼琴時不須經過練習視譜的過程，甚至不須左右手先分開練習，看到譜可以自然而

然地將眼睛與手指連結，節省了不少訓練過程。而且娜娜的個性比較有耐心，願意一遍又一遍地反覆練習，因此學琴的成績比姊姊更好。

不過不論學音樂「成績」為何，學習過程得到的快樂比結果更重要，附屬於音樂學習之下的表演也該是一個過程而非目的。不以結果論英雄，也不要用功利的心態看待美學教育。在成長的過程中，誰沒有披過床單拿著梳子假裝麥克風？只是這種單純的喜悅都太容易被大人的三言兩語給打壓抑止了。

給孩子一點掌聲吧，他們會活得更勇敢，也更有自信。他們會因此更敢展現自己，更肯定自己。

註：卡爾‧奧福(Carl Orff)，是二十世紀著名的作曲家及偉大的音樂教育家，他為兒童設計的音樂教學法，以淺近、自然、活潑的方式開啟兒童的藝術視野。奧福教學法與達克羅采、高大宜及鈴木教學法並列為20世紀四大音樂教學主流。

學前教育很重要

現在孩子都很聰明，做家長的不得不提早給他們一些刺激。生了妮妮之後，雖然我巴不得天天跟妮妮黏在一起不分開，可是她從一歲多似乎就從眼神中透露出無聊的訊息，每天在家裡來來去去就是我們這幾個人，玩著她不見得愛玩的遊戲，看來她想要提早進入幼稚園，與這個世界有更多的接觸。

第一次幫孩子挑學校真是刺激，我們竟然一天之內找了三家學校，由住家附近一直找到天母。天母那個學校採用蒙特梭利教學法，老師看到我們亦步亦趨地跟著妮妮屁股後面，生怕她跌倒摔跤的樣子，告訴我們：「你們這樣實在是過度保護孩子了！」這是我第一次認知到原來這樣就算是所謂的「過度保護」。

由於老大比較黏人，沒辦法適應蒙特梭利教學，我躲在教室外面聽到妮妮整整哭了十天，實在沒辦法硬下心讓她在這個學校繼續哭下去，只好幫她換幼稚園。後來我們選擇了另一家具有親子課程，讓媽媽一開始可以陪著孩子一起上課的幼稚園讓妮妮就讀。孩子對學校的認同感有時候是一件很奇妙的事情，即使是很好的學校，孩子不喜歡就是不行，可是換了一間學校，孩子或許態度大不相同。這次妮妮對這間學校愛得不得了，甚至有一次她睡覺落枕，我送她去上學後，老師發現妮妮姿勢不對，才知道妮妮扭到，我從幼稚園將她帶去看醫生，醫生俐落地將她的脖子矯正回來，雖然看起來還是有點歪，不過回家休息一天就沒事了。看完醫生之後離放學大概還有半個多小時，我問妮妮要不要直接回家，她卻想回學校，我載著她回到幼稚園，看著她因為還沒恢復，脖子歪歪的背影一路往教室走，就知道她有多麼愛上學。

有一年，我去文化大學上兒童福利課程，其中有一堂遊戲設計課程，引起我對蒙特梭利教學的興趣。妮妮沒有念成蒙特梭利，我想讓娜娜試試看。文化大學當時在做一個國內〇到三歲教育的建構，這個年齡層的幼兒教育的資訊相當少，而文化大學

則提供一個訓練機會，想要將「托嬰」的概念提升到「幼童教育」的層次。這些幼兒教學的教學方式與教具讓我十分感興趣，說也巧合，那時剛好在我家附近開了一間○到三歲的蒙特梭利幼稚園，真是天時地利人和，因此我讓娜娜接觸了蒙特梭利教育。那時娜娜還不到兩歲，老一輩的人總覺得年紀這麼小，要不自己照顧，要不請個保姆，送去上學是浪費錢，孩子連說話都不會，怎麼可能學得到什麼東西？

不過送去上課之後，證明了蒙特梭利的訓練對孩子真的有很大的影響，尤其在生活上的訓練與自我照顧的能力上有很明顯的幫助。舉個例子來說，強調一切自己來的蒙特梭利教學法不會讓孩子使用紙杯，而直接讓孩子使用玻璃杯。這種教學法認為孩子的認知能力比大人想像中強，如果因為擔心孩子打破玻璃杯而一直讓孩子使用紙杯的話，就剝奪了孩子掌握玻璃杯的機會，如果大人喝水用的是玻璃杯，孩子也應該學習用玻璃杯，而不是紙杯或者有蓋子的杯子，孩子經過幾次試驗，自然會知道正確的使用方法，即使第一次施力不當，或者嘴巴沒辦法接好，水從嘴角旁邊流了出來，孩子就知道下次應該怎樣運用手指、嘴角的小肌肉，以便下次喝水的時候不會流出來。小肌肉的使用需要訓練與學習，與其過於保護，不如讓孩子早點練習。

蒙特梭利教育的特色之一是各式各樣經過精心設計的教具。比如孩子要喝牛奶時，他們會使用一個牛奶壺，讓孩子們學會適當地習慣使用力氣將牛奶由壺裡倒入杯中而不灑出來，這個壺的大小、重量，則經過精心設計。不同的年齡又有不同的教具，他們將日常生活中的一切學習都稱之為「工作」，他們讓孩子們選擇想要學習的「工作」，在完成這些工作的同時，學到日常生活、感官教育、數學教育、語文教育與文化教育等課題。

妮妮從小被我們伺候慣了，習慣有人在後面跟、丟、撿，生活習慣到現在都無法自理；但受過蒙特梭利教育的娜娜生活習慣就非常好，開關門都很小心，出房間一定隨手關燈，娜娜在學校中以各種教具與教學模式教導他們必須自己把鞋子放好，自己把書包收好，這個好習慣一直延續到她的家庭生活。在學校他們教導孩子控制大小便，甚至娜娜一歲半的時候就可以不包尿布，帶她出國旅行時方便不少。

孩子的生活習慣與專注力都是可以被訓練出來的。娜娜進蒙特梭利幼稚園的那段時間我已經當了里長，在忙碌的公務時間，中午走到她的幼稚園陪著她一起吃午飯，吃完之後抱著她小睡片刻，等她睡著之後起來跟老師聊一聊她在學校的情況再回去上班，真是我人生中一段美麗時光。

娣娣現在也進入蒙特梭利幼稚園就讀。每天都開心得不得了，除了要上小學的妮妮之外，就是娣娣最早起床。一歲多的她每天不到八點鐘醒來之後，先看一段Barney卡通，自己梳好頭髮就會過來要跟我手牽著手一起上學去。

蒙特梭利教學法的創始者瑪麗亞‧蒙特梭利女士說：「我不需要給孩子任何東西，只要將孩子放在一個合宜的環境，孩子會教我。」學前教育開啓了孩子學習之路，不同的學習方式帶給孩子不同的影響，找到適合孩子的「Right Place, Right Person」才能讓孩子在裡面快樂學習。

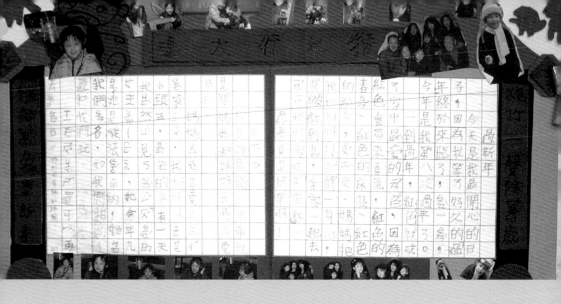

美術作業進階班

儘管我沒有學過畫畫，但是我經常用我自己會的本領，換個方式教孩子們刺激孩子們的思考。

比如我以前受過演員訓練，我就把它用進孩子們的美術教育中。有一次我帶孩子們去天母的蘇荷兒童美術館參觀，展覽的內容是各式各樣人體姿態的畫作。我忽然靈機一動，請孩子們找幾張現場他們最喜歡的人像畫，並且模仿這些人像畫擺出各式各樣的姿勢。孩子們都玩得很認真，也玩得很快樂。回到家以後，我請孩子們回憶當時的肢體感覺，試著將這些身體的感覺畫出來，身體的表演是一種藝術，透過觀察與用身體實際體驗，更能肢體的動作的可能性。

孩子一開始畫人的時候，都是直挺挺的站姿，然後才開始慢慢地學畫側面。但是人體是活的，身體會有各種不同的姿態，想學習人體的姿態，除了用眼睛觀察，透過誇張的肢體動作，更能讓孩子學到不同的作畫呈現的思考模式。

現在孩子們的暑假作業和以前很不一樣，雖然它讓孩子跟家長都麻煩了些，但可以啟發孩子的創造力，是一種教育的進步。以前的暑假作業著重抄寫，讓孩子覺得很無聊，現在的暑假作業大多是「報告」式的，必須要自己找主題，再搜尋資料，組織好後上台發表，不是抄抄寫寫就能夠了事。一開始面對這樣的暑假作業，孩子們經常不知道該從哪裡下手，因此父母親應該利用誘導、列舉的方式，幫忙孩子釐清。我會問孩子：「哪些是妳覺得最有興趣的事情？」「這件事情妳要怎麼去把它說出來呢？」在問答的過程中，幫助孩子學習組織問題的能力。如果父母親自己也沒有什麼概念，不妨可以去參考一下學校穿堂裡所張貼的，其他小朋友所做的優秀作品，這樣就知道怎樣可以做出優秀的作品了。

陪孩子做幾次之後，孩子漸漸地會有自己的想法，此時父母親可以減低幫助的程度，不用主導孩子的想法，但可以在旁邊協助，問她：「這樣做好不好？」「那樣做好不好」，你會發現孩子自己的意見愈來愈多，前幾次也許可以說是父母親與小

孩共同完成，多做幾次之後，孩子就會自己懂得架構與組織，做出自己的作品及想法。妮妮也有幾次作業做得相當不錯，當她自己費盡心思所做的作業，獲選貼上學校穿堂的佈告欄時，對她來說，就是莫大的激勵！

我以演戲、主持為職業，自然有一定程度的口語表達能力，也樂於與人溝通。但妮妮從小就不是一個善用文字或語言的小孩，她不大喜歡去形容任何事情。雖然她很早就很會講話，但她不喜歡用語言、文字，所以我得找出讓她與大家溝通的方式。

上小三之後，美術班的老師要求每天都要在聯絡簿上頭寫一段小日記，妮妮喜歡用一張漫畫，搭配上少少的文字去呈現她的日記。其實妮妮小時候都不知道什麼是「漫畫」，因為我不愛看漫畫，家裡也沒有漫畫，只有「圖畫書」。小二的暑假參加了一個漫畫營，之後才漸漸了解什麼是漫畫。因此她將漫畫運用在生活之中，在連絡簿上幾乎每天畫一篇，總算她找到了最適合她的溝通方式。

除了漫畫之外，妮妮從小就非常喜歡寫書法。我認為雖然隨著電腦與網路的普及，一般人大幅減少了拿筆寫字的機會，但我仍認為「字」代表了一個人的性格，所以，字一定要寫得好看。妮妮小一時，我請了一位師大美術系的學生教她學寫書法及國畫。要跟外國人比西式的繪畫不容易，我們大環境裡的人文美學素養不夠，學西畫比較難，但是現代水墨畫的意境與風味，是西洋繪畫無法比擬的。再加上妮妮自己本身也適合創作大塊潑墨式的畫作，所以從小讓她學習書法、國畫打好基礎，將是相伴一生很棒的資產。

帥氣力道打大鼓

我一直夢想能有機會可以一直想跟女兒一起上台表演，可惜大部分的表演都有程度限制。女兒們會彈鋼琴，但我不會，之前我跟女兒們一起學過的才藝，如街舞、踢踏舞等等，又實在很難進度一致地學到可以表演的程度。直到看過大鼓表演，我終於找到了適合跟女兒一同上台表演的項目了。

我先生是龍門扶輪社會員，龍門扶輪社有一支大鼓隊，他們的表演真是帥氣十足，又振奮人心。大鼓是一種類似日本「太鼓」的表演，除了打鼓之外，還有很多動作，看過他們表演之後，我也想帶著女兒們一起學大鼓，於是去找了龍門大

鼓隊的老師，請這位老師增開一班親子隊，老師答應後，我找了一些有興趣的朋友們一起參與，成員除了我跟兩個女兒，還有弟弟的女兒、妹妹、妹妹的女兒，甚至我媽媽也一同參加練習，再加上扶輪社的寶眷們，一伙人組成了一支二十多人的親子大鼓隊。

打大鼓既帥氣又神氣，而且易學易表演。它沒有複雜的技巧與旋律，只需要打出正確的節奏就可以大家一起表演。我曾經看過一篇文章，上面提到鼓是一種心靈開發音樂，讓孩子打大鼓利於促進腦神經的成長，真是好處多多。

組隊成功之後，我們每個禮拜固定練習一次，開始學打鼓才不禁感嘆，原來我們都沒有好好學好音樂。明明從小學就開始學看五線譜，但到了現在視譜能力還是差得很。打鼓雖然沒有旋律、音階，可是還是需要看五線譜上音符的拍子、休止符號以及左右手標示，所有團員的鼓聲、動作一定要整齊劃一。我們這些大人們識譜的速度慢了些，可得加把勁才能趕上女兒們的進度。

經過幾次的練習，總算大家漸漸跟上進度，也打出了興趣。整齊劃一的鼓聲與動作，更使人有一種大家合作團結、融為一體的感覺，鼓聲加上許多動作，它既是一種音樂，又是一種雄壯的舞蹈，在練習的過程中就可以獲得很多樂趣。不過光是練習，總是覺得少了些什麼，練了好一陣子之後，終於表演的機會來了。

我聽說龍門國中校慶時想要找人做些別出心裁的表演，我們龍門親子大鼓隊的親子屬性跟龍門國中的教育屬性相當契合，更何況還有什麼比打大鼓更能振奮人心的呢！於是我主動跟他們提出我們參與這個活動的意願，他們也就將我們的表演安排進節目中，而且是開場節目。表演欲是人的天性，確定要演出之後，團員們練得更有動力了。

由於大鼓體積、重量驚人，擺在扶輪社裡不易搬動，為了加緊練習，我們甚至買了小鼓，在家時也能加緊練習。表演當天我們早上七點多就抵達到龍門國中，龍門國中兩千名學生在操場看我們演出，團員有大有小，最小的娜娜才五歲，曲目雖然只有三分鐘，打完之後我們當然獲得了滿堂彩。所有人下台之後都興高采烈，帶著興奮的情緒，悄悄互相交換著剛才打錯的地方，或許因為大家打得太專心，儘管每個人多少有些打錯，可是卻沒有人分心聽到別人打錯的地方。即使練習的過程總有些孩子很不專心甚至跑來跑去，可是到了表演的舞台上，所有的人必然全神貫注，這就是舞台的魅力。

妮妮從小就有機會走秀，也演過舞台劇，但其實她是個得失心比較少的散仙，不管準備得如何都可以上場演出，事後也不會太在意演出狀況。娜娜的個性嚴謹得多，演出前她需要了解整個演出狀況，要是沒有充分準備，絕對不肯輕易上台。但在上台打大鼓之後，她開始學會放開自己「不行」、「做不到」的心態，開始建立自己的自信。

打大鼓是一種團體演出，整團一起上台表演，一起演出的夥伴都是你的後盾，可以幫助表演者克服舞台上的孤獨感，兼顧了建立表演的自信與安全感。上台表演不但是孩子永生難忘的機會，對於孩子自信心與安全感，都是非常幫助的學習。在排練的過程中，不只是磨練了表演的技巧與上台的台風，而且過程中有一種同心協力的氣氛，在快樂的氣氛中，孩子更能體會團體向心力。

快樂過節去

節日是日常生活的調劑，有了節日的妝點，平淡的生活有了更多的期待與喜悅。
除了中國的一年三節之外，我們家最重視萬聖節與聖誕節。

約兩千五百年前，有一群住在大不列顛的塞爾特人，他們相信世人的生活是由神
明所主宰的。而一年中他們最害怕的日子就是十月三十一日的晚上，因為死亡之
神Samhain會和死去的惡靈一起重返人間。在這一天，出門的人們都會帶上面具，
戴上面具的目的是不想被惡靈認出來，也希望醜陋的面具能嚇走惡靈。

大約四十多年前，人們開始在這一天玩起「Trick or Treat」──不給糖就搗蛋的遊
戲，而這就是萬聖節的由來。

自己第一次過萬聖節是隨屏風表演班去美國公演不小心遇到的，正好那天沒演
出，一群工作人員去好萊塢的聖塔摩尼卡逛街，整條街走來走去的全是裝扮的十
分隆重的鬼鬼怪怪，可怕的、血腥的，有特殊造型的、電影中的角色的，甚至還
有性感的、美艷的，總之，那是個令人印象深刻的夜晚！

妮妮的第一個萬聖節是在她兩歲七個月時，才剛上幼稚園的第一個月，那時的小
妮妮留著前額有一排瀏海的娃娃頭，穿著一件金色的中國式小旗袍，黑色的娃娃
鞋，拎著自己做的「Trick or Treat」要糖果的小紙袋，可愛極了！

妮妮的第一個萬聖節倒是勾起了我好幾年前在美國碰到的萬聖節回憶，也才開始知道台灣也有人開始過萬聖節。接下來的每年萬聖節都成了我們共同的期盼，早早就會商量好，準備好，媽媽會也會互相討論著今年要把孩子裝扮成什麼，去哪裡找服裝，找道具。

妮妮的第二個萬聖節時，我成了里長，當時在里裡辦了一個「萬聖節扮鬼」的活動，一百多個人，浩浩蕩蕩在街道上遊行，不僅小孩們打扮，連大人們都裝扮起來一起去要糖果。那一年，妮妮扮起小天使，而我則塗上白臉，畫上黑眼圈，穿著黑袍子和同事們扮起《阿達一族》中的女主角。第三次過萬聖節時，四歲七個月的妮妮已經有了一個四個月的小妹妹——娜娜，堅持一定只扮公主的妮妮同意在家裡扮成「南瓜」和「小南瓜」妹妹拍照留念。

也是那一年，里裡辦的萬聖節活動因時報週刊的報導而大為轟動，當天大大小小來了五百多人，不只遊街要糖果，還有比賽、摸獎、票選。老的老，小的小，上至八九十歲的阿公阿媽，小到像娜娜般四個月的Baby，每個人都興奮極了，那是娜娜的第一個，妮妮的第三個萬聖節。之後每一年我跟我的女兒們必然在萬聖節時扮裝遊玩一番。雖然「玩」也是件很累人的事，但累歸累，心中還真感謝那些兩千多年前的塞爾特人，如果不是他們，怎會增添了那麼多珍貴的童年回憶呢？

相較於古靈精怪的萬聖節，聖誕節則既溫馨又充滿期待。從有記憶開始，家裡每年的聖誕節都有一顆真的，又高又大、香香的聖誕樹，聖誕夜的晚上總是有好多好多人聚在家裡，爸媽帶頭開舞會，在那個學生不可參加舞會，警察會抓的年代，我們家可是同學們跳舞的最佳去處。

不僅有舞可以跳，媽媽還會用西瓜皮來裝雞尾酒，會做炸雞、沙拉、三明治、熱狗、炒飯……等自助餐給大家吃，這樣的聖誕節從我們的童年開始，經過了青少年時期，一直到我們都分別成家為止。

自己有了自己的家，尤其是有自己的孩子之後，也總想學自己的媽媽每年總要有棵聖誕樹，只是樹變小了，也沒空去買真的樹回家裝飾，總是以方便的組裝塑膠樹應景。孩子並不能體會塑膠聖誕樹與真的聖誕樹有什麼差別，但對我來說，沒有樹香的感覺總是少了些什麼。還好看到孩子拆禮物的期待與驚喜的表情，總讓我感到心滿意足。

去年聖誕節前夕，一天早晨送妮妮上學的途中，妮妮突然很嚴肅地問我：
「媽咪，真的有聖誕老公公嗎？」
「妳覺得呢？」不想正面回答的媽咪說。
「妳是聖誕老公公嗎？」
「當然不是，我幹嘛要當聖誕老公公？」
「玫如說根本就沒有聖誕老公公，聖誕老公公都是爸爸媽媽裝的。」
「妳相信她嗎？」
「我不知道耶！那妳相信真的有聖誕老公公嗎？」
「當然相信啊！不然妳想想看為什麼妳每年都會有聖誕禮物呢？而且妳還請他吃東西，他也吃了啊！何況他還有寫信給妳，妳忘了嗎？我覺得如果你真的相信有聖

誕老公公，妳就會收到他的禮物，如果不相信聖誕老公公的人，就不會收
到他的禮物。」

停了三秒以後，我問她：

「妳相信有聖誕老公公嗎？」

小妮子眼神堅定的抿了一下嘴，回答說：

「我相信。」

過了一會兒，她又說：

「那妳相信嗎？」

我不假思索的點了點頭，回答她：

「我相信。」

這就是聖誕節的樂趣了，妳呢？聖誕怎麼過的啊？

妳，相信聖誕老公公嗎？

我相信。

我老公認為跟孩子談錢很俗氣，他對金錢存有士大夫心態，老覺得錢不重要。但是在現代社會中，錢怎麼會不重要？理財也是一種技術，越早熟練這種技術，對孩子絕對有利無害。

我先生從小沒學理財，以致於到現在都是拿了錢就花光，分析起來應該歸因於從小手上沒拿過錢，所以不懂得理財的奧妙。

小時候我家也不發零用錢，不過進入五專之後，我爸爸開始給我一些生活費，從那時起，我開始學理財，起步也算比一般人早。有了自己的錢之後才懂得儲蓄的意義，有了儲蓄之後才懂得什麼是理財規劃，才會開始管理自己的金錢，也才能了解金錢的概念，如果沒有屬於自己的錢，就沒有辦法建立與金錢的歸屬感，很可能這輩子就與金錢無緣了。

先學儲蓄、預算規劃，進而學習投資

當時我爸爸一週給我五百元，算是一筆不小的金額，而且我住校，如果節省一些的話，的確可以省下不少花費，看著存摺裡面不斷增加的餘額，心中非常充實。每週這樣省吃儉用過了一學期，到了過年的時候，我一次把錢全部領出來拿去買衣服，非常的過癮。原來存錢與花錢是這麼有成就感的事，我在專一的過年，生平第一次領會了花自己的錢的樂趣，也一次滿足了購物慾望。

有了專一美好的經驗，到了專二的時候，我開始學著去精算我每天的生活開銷，試著從各方面省下更多的錢。花同樣的預算卻能買到更多更好的東西，並且偶爾打打工，再累積一些財富。在省錢之餘，我接著學習「投資」。當年很流行咖啡店裡面的電動玩具機，相信跟我同樣年紀的人都不陌生，也就是「小蜜蜂」。這種投資真是太有成就感了，每天我的朋友在咖啡店打烊的時候都會跟老闆結帳，結完帳後就帶著一大袋硬幣回來跟我分錢。剛開始做的時候恰逢暑假期間，咖啡館生意非常好，每天機器可以收入兩三千塊，與咖啡店老闆對拆，之後一人還可以抱著幾百塊錢銅板回家，這種沈甸甸的金錢，給人一種特別紮實的快樂。學習理財就是這樣，一開始必須擁有自己的錢，接下來必須學習並享受用錢的樂趣，然後學習賺錢，最後學習用錢滾錢。一般父母總是認為讓子女衣食無虞，就不需要讓子女擁有自己的錢，但是我認為，如果沒有真正地擁有屬於自己的錢，就沒有辦法建立與金錢之間的親密感，也就學不會理財。

當年電動玩具機一台大約兩萬多塊，我跟一個朋友一人出一半。電動玩具機的熱潮大概持續了半年多，之後熱潮稍微退燒，我們就把機器賣了，賣的時候依舊賣了兩萬多塊的好價錢。

老實說，從小到大讀了這麼多書，我覺得對我的人生最有幫助的課程就是會計學。比起一般人要幸運得多，五專我念的是商科，所以可以學到這種知識，甚至，我覺得會計觀念應該向下紮根，讓國小國中的孩子就能有這些觀念。

每個父母當然都希望可以在自己的能力範圍內盡量滿足孩子的要求，希望至少在物質上讓孩子不虞匱乏，子女有什麼需求，只要跟父母提出，由父母購買即可，因此不需要給孩子現金。可是這樣的話，購買行為與預算拿捏是由父母做的，孩子無法從中學習到這個購買行為的金錢價值，對他而言，他只要開口要求就可以得到，造成孩子錯誤的價值觀。

讓孩子從小學會當金錢的主人

從妮妮很小開始，我會在固定時間給她十塊錢，讓她自己去便利商店自由選購想要的東西。便利商店有許許多多專門賣給孩子的小玩具、小零食，有的就擺在櫃台旁邊，引誘孩子吵著要求父母購買，父母也往往因為金額很小，就隨手買給孩子，但這完全是一種衝動型購物，孩子買回家後可能玩了一兩次就束之高閣。可是當我化被動為主動，將選擇權交給孩子之後，孩子會因此審慎地思考這個物件的必要性，並且進行比價、評估，這樣買到的東西孩子也會更加珍惜。

上次我們全家去日本時，我給了妮妮一萬元日幣，並且當場數給她看，讓她實際感受金錢的質量。雖然日幣一萬元不算多，可是對一個孩子而言，一次拿到一萬元是多麼大的喜悅。我告訴妮妮：「這一萬塊錢是我送給妳的，在這趟旅程中，隨便妳怎麼花，媽媽都不管。」我老公看了偷偷責備我：「妳怎麼可以拿錢給孩子亂玩？」但我自有我的道理。

我一直在找個機會，一次給孩子一個足以讓他們震驚的整數，她們在接收到這筆錢時，驚訝、喜悅的同時，才會非常認真地思考金錢是什麼。妮妮拿到這一大筆錢之後，整趟行程都小心翼翼地控制自己的預算，她買什麼東西我都不加干涉，但我看她買每樣東西之前，必定仔細地將日幣換成台幣，想了想又放回去的樣子，就知道我已經達到了我的目的。有一次她仔細比價之後終於買了一個大頭狗布偶，可是想了又想，又後悔想退貨，我叫她自己想辦法跟店員交涉，看著她懂得對於錢財斤斤計較，我知道我這一萬塊日幣花得真值得。出國旅行本來就不可能不花錢幫孩子買禮物，從我的錢包付出去或者交給女兒讓她自己挑、自己付，同樣都是錢，可是透過讓她自己思索的過程，孩子從中學習到了理財觀念。

從日本回來之後，女兒們很明顯地有了「儲蓄」與「規劃消費」的習慣，我讓她們擁有金錢，也享受花自己錢的樂趣。現在她們會問我該怎麼購物的原則，我告訴她們：「買妳需要的東西，不要買妳想要的東西。」想要的東西永遠買不完，買了想要而不需要的東西，到後來都堆在家裡，這就是浪費。在可控制的範圍之內，我是把決定權交給孩子，只有當事人才知道什麼是她真正需要的東西。讓孩子學習理財，建立金錢觀，這樣他們日後才能當金錢的主人。

換個方式會更好

跟孩子說「不」是一門藝術，與其使用強制的手段，我傾向多用溝通技巧。

前陣子我應「人本基金會」的邀請，他們請我寫一段短文，共同參與「國際不打孩子日」活動。我認為當父母對孩子做任何事情，說任何話之前，都該想一想，如果你是那個孩子，你喜不喜歡父母對你做這些事，說這些話，如果你的答案是否定的，那麼，你就不該對孩子做這些事。因此，我寫下了：「不打孩子，因為我不喜歡被打。」

平時孩子難免有不聽話的時候，處罰是必要的，否則就是溺愛。通常我會用罰站來處罰她們。比起打罵，罰站時雙方沒有正面衝突的機會，是一種比較不帶情緒性的處罰方式，而且在罰站的過程中，孩子也可以思考一下為什麼這樣做是錯的。打孩子會激發雙方的情緒，它發洩了情緒，卻沒有正面意義。而且，我認為如果家長認為唯有用「打」才能達到教訓孩子的目的，這個父母的溝通能力就不及格了。父母是孩子的榜樣，如果父母溝通不成就打人，豈不是讓孩子長大之後出社會變成這樣的人嗎？

為孩子保留一些討論空間

我不打孩子，也儘量不用強制手段硬逼孩子聽我的話，所以得多花點心思，使出一些招數跟孩子溝通。在任何的人際關係中，最重要的溝通態度就是站在對方的

立場想。我跟孩子溝通前，我會先在腦中想好我要達到的目的，再思索要如何達成目的的方法，並且保留孩子建議的空間，讓孩子也參與討論，才不會流於單向說教。

關於「保留孩子建議的空間」，這是父母可以利用的微妙技巧，畢竟家長有能力引導這場討論，讓會議結果朝向家長想要的目的。雖然可能有一點狡猾，但是基於良善的出發點，這個技巧相當好用。最近我跟我的女兒們迷上了一齣連續劇，連續劇播出的時間已經比平日上床時間晚了一個鐘頭，如果連續劇時間開始之前沒把功課做完，看完連續劇還得繼續寫功課，上床時間就更晚了。晚上睡眠不足就會影響隔天上課，形成惡性循環。可是我們母女三人現在已經養成了這個時間要看連續劇的習慣，斷然不准孩子看電視，似乎太過殘忍；不過從反面來想，我正好可以利用這個機會，讓女兒學會時間管理以及效率觀念。於是我跟女兒們開了一個小小的會議，希望可以建立一個準則，也就是如果在連續劇開始之前，任何一個人沒有做完功課的話，那麼，連同我在內，我們三個人這一天都不准看連續劇。我先跟女兒分析這整件事的利弊，然後技巧性地引導女兒做出結論，這樣比我單方面「規定」女兒怎麼做要有效。

平日我以要上課為由，不大讓孩子看電視，但隨著暑假到來，孩子們認為既然不必上課，應該放寬看電視的限制。有時候好的電視節目的確能給孩子正向影響，之前她們很迷韓劇《大長今》，這齣連續劇引發了女兒們對中醫及烹飪的興趣，甚

至她們還找來筋絡圖，想要了解穴道的奧妙。我承認好看的電視節目真的很有娛樂性，甚至很有教育性，但大部分的節目其實都不過是供人打發時間之用，更別提許多節目、新聞的腥、羶、色，根本不宜孩子觀看。何況現在頻道這麼多，往返轉台之間，不知不覺地時間就這樣一點一滴被浪費掉了。到底應該怎麼做到兩全其美，我想了很久，終於想到了一個解決方法──就像進電影要買票一樣，在我家也要有「電視券」才能看電視。當然孩子也提出質疑的權力，於是我提供誘因，我告訴她們，如果電視券在一定時間內沒有用完的話，可以用電視券折換現金。有了誘因，這個「電視券」政策就不是家長單方面的「規定」，孩子執行起來也就有了動力。

接下來是討論遊戲規則，電視券分為「十分鐘電視券」與「三十分鐘電視券」兩種，看完一本圖畫書可以獲得一張「十分鐘電視券」，看完一本文字書可以獲得一張「三十分鐘電視券」；功課按時做完可以獲得電視券、幫忙做家事可以獲得電視券、練琴又可以獲得電視券……把所有要獎勵她們的事情條列下來，用獎勵代替規定。

電視券經濟學

施行「電視券」政策之後，有趣的事情發生了，為了要更有效更經濟地使用電視券，她們反而更珍惜看電視的時間。她們開始了解「有價證券」的意義，如果只

要看十分鐘的電視，開電視十分鐘之後她們就會迅速把電視關掉，免得浪費得來不易的電視券。因為不捨得用電視券，她們發現其實大部分的節目並沒有她們想像中好看，不值得為它們花掉寶貴的電視券，更不會漫無目的地轉台。她們開始嚴選要看的節目，只把電視券花在最想看的節目上。一個暑假下來姊妹倆的電視券不但沒有花完，還剩下了許多，他們把這些寶貴的電視券都要留待日後遇到真正想看的節目時再把它們用掉。而且她們會主動閱讀很多書籍，希望可以賺取更多的電視券。她們這個暑假因此看了更多的書，也大幅減少了浪費在電視機前的時間。

我想起以前看過一位企業家的書，裡面寫到小時候媽媽會幫孩子們過濾功課，如果只是重複抄寫的功課，媽媽就會幫孩子們抄寫，媽媽給了孩子們兩個選擇，可以去看書，也可以看電視，當然孩子一開始都選擇看電視。由於家中有四個小孩，所以媽媽每天會花很多時間幫孩子們做功課。過了幾天之後，媽媽開始在手上纏膠帶，表示因為抄寫得很辛苦，媽媽的手指頭都破皮了，孩子看到媽媽這麼辛苦，當然不好意思再在媽媽寫功課的時候看電視，都圍在媽媽身邊看書。

當然這個媽媽是演了一場好戲，但是這個善意的小把戲，卻比硬性規定更能有效地讓孩子養成良好習慣。不要強迫孩子做他不想做的事，有時候，換個方式效果會出乎你的想像。

別罵孩子笨

有一次妮妮考了倒數第二名，我想了想，在連絡簿上簽了「進步空間很大！」一方面是避免損傷妮妮自尊心，另外一方面也藉此讓老師知道我的態度，可以跟我同步以鼓勵代替逼迫。

妮妮小三進了美術班，願意讓孩子就讀美術班的家長大多十分關心孩子的教育，也因此，美術班的學生功課都很好，在這樣競爭激烈的環境下，妮妮的學業排名更顯落後。不管是唱歌跳舞打球溜冰，孩子想學的項目，我們一定全力支持，剩下的時間不多，到底要拿去補習學科還是把時間拿去玩，兩相權衡，我還是傾向讓孩子去玩。每天上課已經夠辛苦了，如果再剝奪孩子玩樂的時間，這樣的童年未免太可憐。遊戲對孩子很重要，我曾經上過一門「遊戲設計」課程，我知道孩子從遊戲中學習人際、邏輯、思考，而且是快樂的學習，但是許多家長會為了考試成績犧牲了孩子的遊戲時間，仔細思考一下，就知道這樣並不划算。

小學階段課業成績很好的孩子有兩種典型，一種是孩子本身自我要求嚴格，不達滿分絕不休息；另外一種就是家長要求嚴格，絕對不給孩子鬆懈的空間。我們母女兩者皆不是，當然課業成績沒有辦法名列前茅。

考試跟學習是兩回事

剛開始我真的很在乎妮妮成績不好的狀況，有一次跟孩子的美術老師聊到這個煩

惱，美術老師提出另外一種思考模式：「考試跟學習是兩回事。比如現在她的歷史不好，但她這麼熱愛美術，她以後長大為了要了解美術演進，自然會去好好地把歷史念好。主動學習比被動逼迫的效果更好，讀書，不是只有課本裡頭教的才算數。老實說，長大以後，妳真的還在乎小學時的成績嗎？如果妮妮的成績並沒有對她造成太大的心理影響，做家長的其實不需要太過於煩惱。」考試的確只是考驗孩子課本裡頭的內容，可是面對這個世界的知識卻不僅於此。對於知識，我希望孩子能夠真的學到、學會，至於考試成績，只不過是評量的辦法之一。

妮妮的英文老師告訴我，她的語文能力很強，小小年紀就有能力參加英文演講，應該好好給她掌聲。但是，老師也告訴我，妮妮真的不是個懂得考試的孩子，在傳統的教育下會比較吃虧。她沒辦法學會考試的技巧，而她懂得的東西，又不是考試所重視的。

我想起我自己的學生生涯也是這麼的艱苦，我在學校一直無法獲得自信，就是因為課業成績不好。功課不好的學生總是各方便都受到忽視，甚至老師連妳的名字都叫不出來。我還記得有一次音樂課，我唱了一首「茉莉花」，唱完之後老師給了我八十八分，是全班最高。可是到了下個禮拜，老師看到上次打的分數，竟然問大家：「咦？她是誰啊？我怎麼會給她八十八分？」因為功課不好，老師不但不認得妳，即使上禮拜稱讚過妳，這禮拜立刻就把妳忘記。

國小三年級時我的級任老師是張靜波老師，我到現在都無法忘記她。雖然我功課不好，可是張老師認為我念課文時口齒清晰，於是鼓勵我參加演講比賽。被老師注意到的孩子表現一定特別好，以前我的成績總是在班上倒數前幾名，可是這一年，因為遇到了一個好老師，我的成績也突飛猛進，成為班上十幾名。

孩子的優點與長處，只有父母最清楚

孩子的優點不能期待老師去發覺，父母是孩子最親的朋友，父母要主動去發覺孩子的優點，並且加以鼓勵，孩子才會發揮他的長處，進而讓長處變成他的強項。每個人大腦結構不同，不是每個孩子都有辦法成為「考試型」的孩子。老實說，你現在真的還記得當初學的雞兔同籠嗎？這種事情計算機按一按不就出來了嗎？孩子不可能十項全能，外國人比較擅長鼓勵孩子，而中國人總是看到孩子的缺點，即使有人稱讚自己的孩子，父母總是忍不住要講講孩子的缺點，當作謙虛的表現。可是，我現在絕對不做這種事。

我有個朋友，有一天在家教她的孩子學數數，孩子反反覆覆學不會，於是她失去耐心罵孩子笨，孩子的外婆在旁邊看了，對她說：「妳急什麼呢？孩子現在才三歲，現在學不會，難道八歲還學不會嗎？」學習就是這樣，有些地方孩子會落後，但有些地方會超前。對於超前的部份，我們多加鼓勵的同時，是否我們也應該留下一些空間，允許孩子在其他方面可以稍微落後？重要的知識，孩子總有一

天一定會學會，做家長的何必著急？

妮妮三歲時我教她打電話，想藉由教她打電話，順便讓她學會數數以及認阿拉伯數字，教著教著我就開始不耐煩了起來。妮妮以前很少見到我不耐煩，過了一會兒，她輕輕溫柔地說：「媽媽，這不過是打電話，為什麼妳要這麼生氣呢？」那一刻我忽然意識到這的確是我太心急，我想起朋友媽媽說的那句話。是啊，我為什麼要這麼急？晚一點又怎樣，她總有一天學得會，放慢一點腳步又何妨？

孩子是父母的鏡子

總有某一個時刻，你會發現孩子的行為就是鏡子另外一頭的你。我們在無意間的舉動，自己並沒有發覺，卻會被孩子當作模仿的榜樣，尤其在動怒發脾氣的時候，不管是生氣的表情、語氣，甚至眼色，孩子都會經由模仿而學會，只要想到這裡，十次中有七次我會選擇停止，不讓脾氣繼續下去。可惜人畢竟是人，另外三次我依然會動怒抓狂。

日常的瑣事是磨損親子感情的最大元兇。

「妳的功課到底寫完了沒？」

「妳怎麼還沒有洗澡？」

「妳的牙刷了沒？」

「妳怎麼動作這麼慢？」

這些話不經思考、不假思索源源不絕從我的嘴巴裡跑出來，簡直不能想像自己怎麼會變成一個這麼嘮叨的媽媽，而女兒也變成了不耐煩的孩子。

光是每天叫女兒起床就是個大工程。做母親的總是疼愛自己的孩子，想讓她每天多睡一點點。可是每天晚上孩子一定東摸西摸拖拖拉拉不肯準時就寢，等到第二天起來，不到最後一秒鐘又捨不得叫她起床。其實我大可以提早一個鐘頭叫她起床讓她摸個夠，但是天下父母心，就是捨不得。每一個小小的細節都想為子女多設想一點，但出於愛的捨不得卻造成了親子之間的不愉快。有一次我叫孩子起床

的時候氣得脫口大罵她不負責任、沒有擔當，罵了一陣後氣得自己回到床上不理她，過了一會兒她要出門上課，又到我床邊輕聲細語地跟我說：「媽咪掰掰！」我當下立刻後悔不已，孩子是如此的純真，且又不是犯了什麼大錯，我何必用這麼嚴苛的標準要求她，把自己的情緒加諸孩子身上。

發脾氣的表情是會遺傳的

很多時候事件本身反而沒有那麼重要，最令父母難以忍受的是子女的態度。我還記得第一次遭到孩子白眼的時候，腦海中只浮現三個字──「現世報」！越愛孩子的父母越不能接受子女對父母的反擊。沒有人希望自己是個抓狂的媽媽，但是有時候就是忍不住。發脾氣的表情會遺傳，動怒的時候，我會想起小時候媽媽生氣的表情；而女兒對我發脾氣的時候，我又在她們身上看到了我自己。

以前的時代，父母很難得有機會跟孩子談心。我家有四個小孩，我排行老大，一般父母對老大管得一定比較嚴，我跟我媽媽只差二十二歲，而我跟我最小的弟弟只差四歲，也就是說，她在二十六歲的時候已經生了四個小孩。當時我父親正在創業開貨運公司與清潔打蠟公司，她一肩打理公司業務，招呼公司員工，還得帶四個年紀不同的小孩。我的媽媽是山東人，山東人直來直往的個性，造成我們母女之間不少摩擦，很多人的家庭都是由媽媽扮黑臉、爸爸扮白臉，我們家也不例外，有一次我們母女倆吵架吵得太嚴重，媽媽還打電話叫爸爸回家勸架。其實我

跟我自己的母親感情極好，卻常常為了這些日常生活的瑣事彼此爭吵，讓兩人都不愉快，真是太不值得。

別讓一時衝動壞了親子間感情

想到這裡，我開始試著從孩子的立場思考。父母要能懂得反省，懂得站在孩子的立場想，因為我們也是這樣走過來的。如果你不能站在他們的立場去想的話，你不了解他們在想什麼，就會變成他們討厭的人。當你指責孩子的時候，你就忘記了小時候的自己。面對女兒的時候，我既是我現在的自己，又是小時候的自己，同時我又是我女兒的媽媽與我以前的媽媽，這四者造就了現在的我。在這樣的過程中，透過反省童年時期我跟母親的關係，對照我現在對待我女兒的方式，才能透視清楚親子間正確的相處方式。動怒都是一時衝動，一時衝動會使人說出一些傷人也傷自己的話，在這樣的過程中，只有情緒性地互相傷害，無法達成有建設性的目的。儘量讓自己想清楚方法與目的，想清楚再面對子女，不要用情緒面對孩子，才能有效溝通。

孩子需要知道「為什麼」，以前小的時候，我們就是因為不了解媽媽的愛，所以對媽媽有許多抱怨。為了讓女兒了解我的用心，後來我特別找了一個時間，在愉快的氣氛下跟她溝通，告訴她媽媽是因為捨不得減少她的睡眠時間，所以才會這樣不斷地提醒她、催促她。在聊天的過程中，我也了解到孩子的時間觀念與大人不

同，如果我在氣頭當下一味地大呼小叫，總有一天會讓孩子覺得自己有個煩人的媽媽，而媽媽會認為自己有個叛逆的小孩。

唯有透過溝通與了解，孩子才會有懂得的一天。

瓊瑤沒有寫的事

談戀愛可以兩個人搞定，但結婚絕對是兩家人的事。來自不同家庭的夫妻兩人，你有你的家庭模式，他有他的家庭模式，剛開始一定會覺得結婚生活不如預期。我從國小三年級就開始看瓊瑤小說，我先生活脫脫是瓊瑤筆下走出來的白馬王子，整個戀愛過程與結婚堪稱可歌可泣，只可惜瓊瑤對於跟白馬王子結婚之後的情形描述得太少，沒有人告訴我婚姻生活該怎麼過，因此結婚之後的生活，只好靠自己摸索。

我去文化大學上兒童福利研究所學分班時，其中有一門課是家族治療，在那個課程中我們藉由畫Family Tree（家族樹）追溯每個人成長背景，在這個過程中我好好地思考了他的家庭教育對他的影響，並試著去理解不同家庭背景造成兩人之間的差異。

不同的家庭背景，造就不同的個人性格

我自己的父母為人熱情，小時候放假時他們一定帶著我們出去吃館子、看電影、去陽明山爬山露營、去碧潭划船，家中四個小孩的年齡很近，那種血濃於水的感覺一直影響著我。

但是我先生是由年長父母帶大的孩子，我婆婆之前生了四個女兒，第四個女兒大約兩歲時因為意外事故而早夭，之後又隔了很久才生下了他。在他成長的過程

中，三個姊姊因為出國或嫁人，幾乎都不在身邊，成長歷程可說跟我完全不同。

先生是家中老么，一直是家中最受寵的小孩，也因此一開始其實他沒有學會怎麼當爸爸，當爸爸的時候還是個大孩子，等於是孩子的「哥哥」。妮妮誕生的時候家裡已經有二十年沒有新生命誕生了，妮妮受到的寵愛可想而知。潛意識中他有種被威脅的感覺，家裡所有的注意力都在女兒身上，尤其我表現得更為明顯，本來他是我全部世界，但是女兒誕生之後我把全部的心思放到女兒身上，他自然很受打擊，又羨慕我跟女兒之間強而有力的情感聯繫，那是他在成長過程中從來沒有感受過的情感。

由於我婆婆曾經失去了自己的小女兒，心理壓力可想而知，也因此也造成我先生在教養小孩的神經質態度。比如妮妮剛出生時，我先生最初堅持要包桌腳，生怕桌子的尖角會害孩子撞傷，孩子關門關得大力些，也會讓他十分緊張，他會聯想到孩子的手指頭被門夾到，斷指血流滿地的景象。而我偏偏是個神經大條的樂觀派，連孩子在路上摔跤都不會大驚小怪的人，我知道如果孩子摔跤，父母還在一旁尖叫反而讓孩子更緊張，更容易嚇到孩子。依照我學過的教育理論，日常生活的種種生活教育，這對孩子來說都是一種訓練，孩子自然會知道安全的界限在哪裡，不見得一定要受了傷才會學會這一點，大人神經兮兮地去恐嚇孩子，反而對孩子有不良的影響。而且幫孩子佈置一個過分安全的環境，他從小沒有經過任何磨難，日後也會使他成為一個遇到一點點挫折就會受傷的孩子。

耐心邀請是良性互動的起點

除了神經質之外，我先生也無法理解為什麼我們假日這麼喜歡出去玩。他總是說：「好不容易放假了，在家休息不好嗎？出去玩不是很累嗎？」他的成長過程中並沒有經歷過玩樂的過程，反而充滿了各式各樣的擔憂，也難怪他很難理解我從小帶孩子去溜冰、騎馬、游泳這種活動背後的意義，他總是認為孩子太小，不可能學會這些東西。孩子很小的時候我就帶她們出國旅遊，他認為帶孩子出國不但徒增大人的麻煩，孩子年紀這麼小，又不可能成為一輩子的回憶，既然如此，為什麼要帶去旅遊呢？我回答他：「當然她們會記得。更何況能不能記得並不重要，重要的是她們在過程中獲得的快樂。」

以前我一直不理解我先生在這方面的神經質來由，也起了許多爭執，在這個課程中我做了很多的反省，認知到家庭差異造成的個人差異。之前如果我邀約他出去玩，他不願意參與，我很快就會放棄，但是在上了家族治療課程，理解了他的心理狀態之後，我每次都會試著多邀約他幾次，多邀約幾次之後他會開始願意配合，這是一個好的開始，有了好的開始，他也開始享受到這種親子共遊的樂趣。我們夫妻倆透過更深層的了解，有了更親密的互動，雖然不比戀愛的浪漫刺激，卻是婚姻給人的穩固力量。這些學問在浪漫小說裡面沒有提到，可是都是我在日常婚姻生活中學到的寶貴課程。

我愛你的暗號

我有三個孩子，這個手勢暗號是從我生了第二個孩子之後才發明的。以前只有一個孩子的時候，因為她獨佔了所有的愛，所以並沒有這種爭寵的微妙心態，但有了兩個以上的孩子之後，這是對孩子不得不然的巴結。孩子都希望可以獨佔父母的愛，當你對一個孩子說「我愛你」的時候，必然造成另一個孩子競爭心，可是父母用「我愛你們」這種一視同仁的方式，又顯然不能滿足孩子。於是我發明了在手臂上捏三下的手勢，代表「我愛你」。有時我跟兩個女兒躺在床上，我會偷偷地左邊捏三下，右邊捏三下，當成是我跟她們之間的祕密暗號，讓她們各自知道我有多麼地愛她們。

我從小在一個喜歡肢體接觸的家庭中成長，我們一家人都喜歡牽手，喜歡擁抱，但我先生的家庭不是。即使我們交往了很多年，我在房間裡面牽他的手還會讓他緊張，生怕被我婆婆看到。在他的家庭教育中，在別人面前的親密行為是不對的。

我則不理這些限制，每天我的女兒回家的時候，我把門打開時都會戲劇性地跟女兒在門口演上一段：「心肝～」「媽咪～」「心肝～」「媽咪～」。每個人各有不同的暱稱，妮妮是「心肝」，娜娜是「小可愛」，娣娣是「小寶貝」。孩子每天去上學時也會跟我說：「媽咪，I love you。」才出門，每天如此絕不間斷。親密關係行為模式需要不斷地持續，一旦中斷了一段時間，很可能就會因為不好意思而無以為繼。

如果你來我家看小寶寶，別忘了先跟上面的孩子打招呼

妮妮五歲時我懷了娜娜，原本妮妮的心理建設做得非常好，全心盼望妹妹的誕生。但是到了妹妹一歲多，妹妹開始牙牙學語，那是每個孩子最可愛的時期，她開始學大人說話，模仿大人的動作，甚至她只要發出一個無意義的叫聲，就會引起大人的鼓掌。就是因為她是這麼小，這麼可愛，姊姊感受到極大的壓力。試想一個原本受寵的孩子，在那個時期關愛眼光全部被另一個孩子奪走，她完全像個隱形人。

更何況周遭總有些不了解兒童心理的人會自以為幽默地跟姊姊開玩笑，告訴她：「媽媽有了妹妹了，媽媽現在不要妳了！」讓姊姊發急，卻不知道這種言語對於姊姊造成的心理傷害。我有個朋友有了新生兒之後，在家中製作了一個很有意思的標語，內容大致是說，如果今天你來我家看新生兒，卻沒有先跟老大打招呼的話，請你不要進來；如果你今天帶了禮物要送給新生兒，卻忘了帶禮物給老大，也請你不要進來。新生兒不懂得稱讚或禮物的意義，但是上面的孩子卻懂，太多關愛的眼神投注在新生兒身上，會對上面的孩子造成心理壓力，此時如果還跟孩子開玩笑說：「媽媽有了小Baby，以後就不愛你囉！」他們會信以為真。因此我花了很多時間精力與老大溝通，找了許多童話，藉由童話故事讓孩子了解我對她的愛，更請周遭的朋友一起幫忙，試著將這種手足間的競爭降到最低。

不過同樣的事件，在我生了老三之後再度上演。那一年妮妮剛剛考上美術班，我得陪著妮妮適應新學校環境，娣娣又剛剛出生，我忙著坐月子、親自照顧、哺乳，以致於根本沒有心力夾在中間的娜娜。她來找我唸書給她聽，或者找我陪她的時候，我永遠只能說「等一下」，我成了一個「等一下媽媽」，而「等一下」之後我永遠有別的事情要忙，「等一下」之後就沒有下文。

意識到這個狀況之後，我把其他事情排開，每個星期抽出兩天，親自接送她上下課，並且陪她去上注音及音樂欣賞課。這個時段沒有姊姊及妹妹在旁邊，是我給她的專屬時間。

讓每個孩子都感覺到媽媽最愛他

很久以前我看過一本書，書裡寫到媽媽要讓每個孩子都感覺到媽媽最愛的是她，我十分同意這一點。當妮妮問我最愛誰，我會告訴她，「媽媽最愛妳，因為媽媽愛妳最久。」愛得最久是老大不可被取代的事實，老大總是跟媽媽有革命情感，她總是絕對願意配合媽媽所有的心願。娜娜問我是誰，我會告訴她，「媽媽最愛妳，因為妳最貼心。」等到娣娣會講話時，我同樣會告訴娣娣，媽媽最愛的是她。

老大總是受到最多的關注與要求，老么總是最受寵，夾在中間的孩子經常遭到或

多或少的忽視。我自己是家中的老大，我還記得家中夾在中間的三妹有一次走失，還在派出所睡了一覺，尿溼了派出所的床，家人才發現她走失，去派出所將她領回來，不受重視的程度由此可見。為了讓每個孩子都能得到足夠的愛，必須花更多的心思在孩子身上。妮妮出生不久，我就復出拍戲，每天趕拍進度使我有一段時間根本沒辦法與女兒好好獨處。等到戲殺青之後，我意識到我沒有辦法離開女兒這麼長的時間，我不能錯過孩子的成長，因此我決定放棄拍戲的工作。在「工作」與「陪孩子長大」之中，我選擇後者。

我很清楚地記得我在做小孩的時候是多麼地黏父母，但是曾幾何時，當我再大一點時，父母出門的時候我卻感到輕鬆雀躍。有一天我的孩子也會這樣。我怎麼能不趁著我還是她No.1的時候多陪陪她，多多的珍惜這段可貴的時光呢！

這個故事可以從我們家養了一缸魚開始說起。

娜娜兩歲的時候，我們家裡養了一缸子魚，其中有一條很大很漂亮的紅龍、兩隻大型，也是很漂亮的紅色魚，還有一隻黑黑醜醜、專吃垃圾的垃圾魚。爸爸常常很得意的指著魚缸跟大家說：

「妳們看，我就是那條最大、最漂亮的紅龍喔，妮妮和娜娜就是那兩隻紅色的魚。」

「那媽媽呢？」

「媽媽，就是那隻黑黑的垃圾魚囉！」

我就假裝很生氣地跟歐陽龍鬥嘴，「我才是紅龍魚！」「我才是……！」兩個孩子都會順著我的話，站在我這邊，看爸爸跟媽媽鬥嘴。開始養魚的那一兩個禮拜，每天都在爭到底誰是紅龍、誰是垃圾魚，樂此不疲。

到底誰是那隻醜醜的垃圾魚？

後來有一天，妮妮不在家，歐陽龍、我和娜娜在房間裡看電視，看著那缸魚，我突然又想起這個話題：

「娜娜，我問妳喔，誰是那隻紅龍魚啊？」

娜娜看看我，再看看爸爸。
「爸爸是那隻紅龍魚啦。」
「那媽媽呢？」

娜娜用天真無邪的眼睛看著我：
「妳是那隻很漂亮很漂亮，紅紅的魚啊。」

這個兩歲的小女生還蠻有經驗的嘛，既不得罪我，也不得罪爸爸。
「那……姊姊呢？」

妮妮當時不在場，我覺得，她應該會說姊姊是那條醜不拉幾的垃圾魚吧。但她
說：
「姊姊也是那條紅紅的魚啊。」
「哦？那妳呢？」
「哎呀～我就是那隻醜醜的垃圾魚嘛！」

雖然說家人之間，說誰是漂亮的魚、誰是醜醜的垃圾魚，本來就只是無傷大雅、
表示親密的玩笑而已，但這真是出乎我意料之外的貼心回答！

施比受更有福

也許是因為她是老二，特別懂得體貼，也許她的這份貼心屬於與生俱來，不過因為她的細心體貼、觀察入微，不僅讓她成為幼稚園裡人緣最好的小朋友，也讓許多大朋友們都對她印象深刻。就像有一次，她有個機會到朋友的製作公司去玩，幾個月後，又在別的場合遇到那位製作人阿姨。當然阿姨的打扮都換了，還戴了頂大帽子。阿姨說：

「娜娜，妳一定不記得我了吧，今天我的穿著打扮都不一樣了。」

其實連我都不記得製作人阿姨曾經見過娜娜，不過娜娜竟然回答：

「對啊，阿姨，妳指甲上的蝴蝶圖案，怎麼變成小花了？」

還有還有，大概每個爸爸媽媽，都喜歡跟孩子玩「你最愛誰？」的遊戲，那一陣子，歐陽龍也很喜歡跟娜娜玩，沒事就把娜娜抱起來問：

「娜娜，妳最愛誰？」

「愛你啊，我最愛你啊……」

四歲娜娜的可愛回答，爸爸當然抵擋不住囉。爸爸獲得了滿意的答案，心滿意足的走開。沒多久，娜娜看看左邊、看看右邊，確定沒有別人在附近，才跑過來跟我說：

「媽媽，妳知道，為什麼最近我常常要跟爸爸說我愛他嗎？」
「不知道啊，為什麼呢？」

這孩子葫蘆裡頭賣的是什麼藥啊？
「因為……我怕他知道我最愛的是妳啊……」
這個可愛小人兒的童言童語，真是令人無法招架！

在養育孩子的過程中，我們真的也從他們身上學到了很多。像歐陽龍，原本是典型的「接受型」的人，沒有給予過，根本不知道該怎麼給；但是因為「給予型」的娜娜給了他太多太多，也才讓他學習到，該怎樣給予別人體貼和關心。在孩子天真的心靈裡，我們學會「施比受更有福」的真義。

學習自理與自信

有時候跟朋友們交換做父母的心得感想，他們常常提到，不好拿捏「幫忙」的分寸。幫得太過，孩子們會養成依賴的習慣；幫得不夠，又怕孩子弄得一團糟。我們家很幸運的時常有團體旅行的機會，在旅行的過程中，我讓孩子們學習自己打理自己的生活。

算起來我的家庭也算是個大家族，每次一起出國旅行，成員必定包括我們一家、媽媽、弟弟、妹妹，還有他們的小孩，一夥人三四個家族一起出遊。所以從出遊之前的準備工作，諸如買行李箱、收行李，就是孩子們學習自理生活的開始。打從他們都還很小的時候，我就幫他們每個人都準備了屬於自己的行李箱。很多家長為了省錢圖方便，不見得會為了孩子買新行李箱，可是我很堅持從小就應該讓孩子使用他們專屬的行李箱，否則如果和別人共用行李箱的話，孩子就沒有機會學習整理自己的東西了。

從擁有自己的行李箱開始，我會教他們收拾自己行李的方法。首先是大包套小包的觀念。行李箱就是所謂的「大包」，其他內衣、睡衣、換洗衣物……則分門別類收成「小包」，大包裡面有著一包包的小包，這樣看起來才會整齊清爽；其次是收納方法，鞋子怎麼裝、襪子放哪裡、如何摺衣服才能輕薄短小好整理；最後是規劃行李，去幾天要準備幾套衣服，去什麼樣的地方要規劃怎樣的衣物鞋子，這些事務都要讓他們自己學著整理，一開始他們當然不會整理得很完美，但我一定給她們自己動手做的機會，趁她們睡覺之後，再重新幫她們整理一遍。這樣子幾次

下來，她們也會漸漸熟練該如何打包、整理行李。

讓孩子自行處理生活中的細節

到了旅途之中，因為家裡人多，我不見得會和孩子們同一個房間，這個時候更是訓練她們的生活習慣和規矩的良好時機。不論和誰同房，我會先幫她們安排個人專屬的角落，屬於她們個人的東西就放在那個角落裡。我會要求她們絕對不可將換洗衣物亂丟，而應放在自己的行李箱上頭，這樣不僅能尊重同室的室友，而且就算不想整理，如有外人進房，這些雜物已經集中放在自己的行李箱上，可以直接塞入自己的行李箱中，這樣就不會給人雜亂無章的感覺。

旅行是訓練孩子自理生活的好機會，在日常生活中，父母難免會幫孩子們安排得過分完美，但是在旅途中，我會儘量讓他們去處理生活中的細節。一開始可以從小地方著手，比方說在餐廳裡要一杯水，孩子多半一開始會向媽媽求救，但這時候我會請她們自己向餐廳的服務人員要。這個時候可以順便教導孩子如何有禮適宜面對別人的方法。這樣的練習多了，他們很自然對自己的應對進退有了自信，以後就自己可以應付這類的事情。接下來甚至還可以要他們幫我們一些小忙，進而養成孩子們的獨立個性。從小受到這些薰陶，她們即使面對老師也敢勇於表達自己的需求，不像我們上一代這麼退縮。我的孩子們的自信心除了是被我們訓練出來之外，我想，或許也跟我很少拒絕她們有關。

用迂迴的方法表達拒絕

老是對孩子說不，孩子們就會沒有安全感，常被拒絕的孩子，會養成不敢去要的習慣，心裡的想法也會被壓抑。我儘量不拒絕孩子，就算必須拒絕孩子，也會把我為什麼拒絕的原因解釋給她們聽。運用一些迂迴的方式表達我們的拒絕，雖然比較麻煩，但對孩子自信的建立有著莫大的幫助。比方孩子在很晚的時間還吵著想去電影院看電影，我不會立刻跟她們說「不」，我先會告訴她們不行的理由：「現在這個時間太晚了，不適合出門。」接下來給她們另一個選擇：「這樣吧，我提供兩個其他的選擇，第一個是……第二個是……妳要哪一個？」這種方式同樣達到了目的，但是不會傷害孩子，更有助於幫助孩子建立自信。

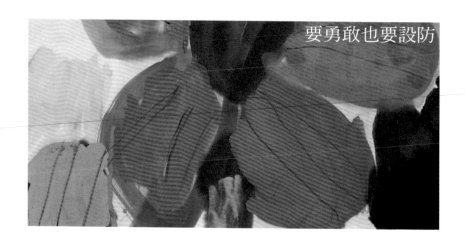

誰不想讓孩子在最好最安全的環境中快樂成長？本來，我也矢志提供孩子最無憂無慮的安全環境，直到某一天，一件似乎不起眼的事情發生……。

記得第一次做媽媽，對妮妮真的是呵護備至。大概是我天生運氣好，向來神經大條、對人毫不設防的我，從小竟然沒有遇過壞人，吃到什麼虧，於是我以為，只要我為妮妮提供了一個很棒的環境，她就可以安心成長了。但是妮妮大概三歲多的時候，有一次我們一起去看《一家之鼠》，三歲多的她竟然看電影看到一半就哭了。《一家之鼠》劇情溫馨有趣，但她看到裡頭的貓會欺負那隻老鼠，於心不忍，於是哭了出來；還有一次，看「白雪公主」冰上表演，妮妮竟然也哭了，這次是因為其中有個小矮人對白雪公主很兇，她不能忍受看到「壞人」欺負「好人」的情景。

我這才發現，原來我們給她的環境都太過甜美夢幻、太溫和有禮、太過保護她，她從來不知道有「壞人欺負好人」這種事。這件事提醒了我們，以後，也許我們得擔心她缺乏承受挫折與責罵的能力。

嘗試錯誤，也是一種學習

不知道是基因遺傳還是環境的關係，我們家的小孩似乎都沒有經過跌跌撞撞學走路的時期，她們學走路的時間比一般小孩晚，但是她們一旦決定站起來要走路

了，就會走得不錯。從一般的眼光來看，也許會覺得這樣很好，但經過上面那個事件之後，我反而希望能夠鼓勵她們嘗試錯誤的學習機會，這樣才有個發展天性與本能的機會。

很多看似容易的本能與協調性，其實也需要經過一段發展與學習的歷程。像「蹲」這個動作，其實很多外國人是不會「蹲下來」的，因為從小沒有體驗的機會，以致於長大了根本不知道該如何是好；再如我朋友的小孩，因為從小倍受呵護，都餵他吃流質的食品，沒有機會好好訓練口腔的肌肉，以致於他學習講話也受到影響、口齒不清。這些都是我親眼所見，因為過度保護所導致的學習不良的例子。

體驗到這些之後，我漸漸的就對自己的孩子的態度有所調整。比方說，我會鼓勵她們「吊單槓」，發展她們與生俱來的「猿猴本能」，讓她們身上的大肌肉協調與發展；或者嬰幼兒時期，就讓她們練習著自己吃餅乾、用餐，弄得髒兮兮亂七八糟的也沒有關係。妹妹一兩歲的時候，我還在旁邊監督著，試著讓她爬姐姐的兩層的床，讓她知道攀爬的危險性，以及需要具備的技巧與練習等等。娜娜小時候，還主動地挑出嘴裡魚肉中間的刺秀給我看，讓我真的感受到她們的無限潛能。

像運動也是，很多大人都不喜歡動，想到運動就想到減肥、為了健康等等好大的理由，但是對孩子來說，其實運動很自然。我的女兒就很喜歡爬山走路，在大自

然裡，她看得到我們都忽略了的東西。哪個孩子不喜歡在外頭跑來跑去、騎腳踏車、玩上一整天的呢？但是大人往往因為小孩的功課等等因素，剝奪了小孩子未來在生命中可能佔有一席之地的運動的樂趣，我覺得很可惜。

用狀況模擬訓練孩子的反應

放任孩子探索世界，看起來雖然和家長們想要提供為孩子安全的成長環境相衝突，但其實我們還是暗暗地在心裡記掛著的。像好多年前，陳進興逃亡台北的那段期間，我好幾次做夢夢見他闖進我們家挾持了孩子。那時記得好清楚，在夢裡我就想，自己怎麼樣沒有關係，我一定要保護孩子才行。那種心痛的感覺是只有做父母的人才能體會的。不可諱言，現在外頭的壞人那麼多，歐陽龍也常常一想到，就對孩子們進行各式各樣的情境訓練：

「娜娜，我問妳喔，現在在校門口有一個叔叔拿了好多好吃的東西，有妳最愛吃的巧克力喔，要妳跟他走，妳要不要跟他走啊？」

「不要！」

「嗯，這樣才對！」

他會用各種狀況劇來表達他對孩子的關心，一直重覆不斷地提醒孩子，教導孩子適當的應對方式。隨著孩子長大，我們也會試著用各種新聞剪報來和孩子一起溝通討論，電視新聞有時比較不適合給孩子看，但是經過家長們篩選後的剪報新

聞，我覺得是一個和孩子共同溝通的不錯管道。我會找溫馨的、社會的等等新聞，和他們一起討論，希望能培養孩子的同理心，讓他們知道，世界上有其他跟你不一樣的人，或許高興，或許痛苦的生活著，是值得我們付出關心的。像這樣以分享的角度進行的新聞研討，也是親子互動的很好的機會。

邊玩邊學樂趣多

「媽咪，咱們來玩遊戲！」

很多時候，親子之間的遊戲是不需要任何道具的，只要讓孩子捉到玩遊戲的樂趣，他們就會樂此不疲，甚至還會纏著你一直要玩！這時候只要動點腦筋，就可以讓遊戲變得益智又有趣！

遊戲 1　超級金頭腦

幾年前，謝震武律師主持的《超級金頭腦》節目十分受歡迎，歐陽龍也曾經去上過，還差點拿到一百萬。平常不常看電視的我和妮妮，那次也在電視機前面目不轉睛地看著爸爸的表現。大概是印象太深刻了，後來我和妮妮經常在浴缸裡頭一邊洗澡一邊玩起「超級金頭腦」遊戲。一開始是我當主持人，妮妮當來賓。我會很做作地裝成主持人，開始訪問她。

「妳好，妳叫什麼名字？」

「我叫歐陽妮妮。」

「妳今年幾歲？」

「我今年三歲……」

訪問完來賓之後，接著介紹遊戲規則：「答對一題得一千元，答對第二題就可以得到兩千元，可是如果妳答錯，獎金就要扣一半就變成五百元……」雖然妮妮那時才三歲，數數的能力還沒這麼好，但每次我都會很仔細地把遊戲規則講一遍，

聽多了，後來她竟然也背下來了：「一千元變兩千元，兩千元變四千元，四千元變八千元，八千元變一萬六，一萬六變三萬二……最後一題再答對就變成五萬元！」這不就是數學嗎！

遊戲規則講清楚了，就正式開始進行：

「好，請問妳，三加三等於幾？」

「六。」

「恭喜妳，答對了！妳現在可以參加我們的第二題了，請問妳願不願意繼續？」

如果不繼續就可以拿獎金，答錯的話，獎金就要折半，她每次都願意繼續，一直通關玩到五萬塊獎金。孩子對這樣答題闖關的遊戲非常有興趣，我們都會一直不停地玩，到後來題目就會愈來愈難，比如一開始是「三加三」這種個位數加法，經過幾關之後，就會變成「五加九」這種答案為兩位數的數學題，無形中就練習了很多數學觀念。

除了數學以外，妮妮當時也在學拼英文單字，我也會適時加入「拼音題」，如「happy」怎麼拼、「apple」怎麼拼，經由這個遊戲，也讓孩子複習了不少英文單字；到後來連九九乘法表、生活裡相關的題目都變成「超級金頭腦」裡頭出現的題目，雖然是個再簡單不過的遊戲，可是孩子卻樂此不疲，總是還會強迫要我跟她反覆一直玩。孩子們天生喜歡競賽，只要她們喜歡，像這種寓教於樂的遊戲就可以一直玩下去。

遊戲 2 十八猜

這個遊戲也很簡單。出題者先在心中想好一個東西，可能是人、動物，或是物品、水果等等，然後讓答題者問問題，答題者必須在十八個問題之中把答案猜出來。剛剛開始玩這個遊戲時，孩子通常沒有辦法掌握問問題的訣竅，一開始想不出來要怎麼問，因此通常孩子都會問：「很大嗎、很小嗎？」
「大大大嗎，還是小小小呢？」所以我們可以比手畫腳要先示範發問讓他們看。
「是兩隻腳的嗎，還是四隻腳的？」
「卵生嗎還是胎生？」
「生活在海裡面嗎？」

玩過幾次之後，孩子漸漸就會學會發問的訣竅，精準度也愈來愈高，可以用更少的問題就猜出正確答案。猜出答案後，就換別人猜。從這個問問題的遊戲當中，

不僅可以擴展他們的辭彙，還可以提昇孩子們的抽象分類思考、系統思考的能力。

遊戲 3 接龍遊戲

我們生活中有很多時間都在車上，各式各樣的「接龍遊戲」是我和孩子們很喜歡玩的車上遊戲。孩子們還小的時候，一開始玩的都是「詞語接龍」，如「電話」－「話機」－「機器人」……等等，但後來就發展到英文的接龍了，比方說你可以接字首都是「a」開頭的單字；或是要照英文字母順序，a開頭的下一個要接b開頭的；或者也可以用首尾相接，如「apple」，下一個就接「elephant」……等等，隨便我們選擇。車子上有多少人，大家都可以一起加進來玩接龍的遊戲。遊戲中玩過的單字，小朋友們記得特別牢，而且只要有一個新朋友加入這個遊戲，就會有一個全新的字庫加進來，小朋友們還可以學到更新的字彙。

除了語文以外，唱歌也可以接龍喔！我從小也喜歡唱歌，所以我利用了「重唱」的方式，比方說我先唱「春神來了」，唱完第一句之後就輪到妮妮唱第一句，我要接著唱下去，再來輪到娜娜……大家一起唱著一首歌的不同部份，可是彼此不能被別人干擾。這樣不僅可以練耳朵的音樂判別力，還可以練習音準，對於培養音樂才能來說非常有用。

寵孩子，不嫌多

我很寵孩子，我一點兒都不否認。只要「寵」不是「溺愛」，父母多寵寵孩子，又有什麼關係呢？我的「寵」，是站在孩子的立場替他想。如果自己是他，會面臨怎麼樣的處境，於是就知道該怎麼樣幫他一把了。

記得妮妮讀小學一、二年級的時候，大姑（歐陽菲菲）每年從日本回來，我們都會舉行家族聚會。晚上八點吃晚餐，吃到十一二點是常有的事，吃完後，還在飯店裡繼續聊天，好不快活。但是，正在唸小學的妮妮就沒那麼逍遙了，那陣子沒辦法早睡早起，晚睡的結果，早上上學一不小心就遲到。還有幾次，因為早上說好了接妮妮上學的朋友臨時有事不能來，妮妮在樓下枯等了十五分鐘，才上來找我，我再送她去上學，這樣一枯等，也就遲到了。

那幾次其實都不是妮妮自己造成的過錯，但她晚到學校，卻可能得要接受在穿堂罰站的處罰，這就讓我很捨不得。所以上次因為交通失誤害她遲到，妮妮覺得過了上課時間才背個大書包進教室，被同學們看到了不好意思，於是我送她到學校的時候，幫她拿書包，讓她自己晃啊晃，慢慢「晃」進教室，遲到就沒那麼醒目了。有的朋友知道了這件事，覺得我實在太寵小孩，但我覺得，我並不是反對學校的紀律，或是讓她養成不負責任的觀念，我只是站在妮妮的立場上幫她想，這個遲到事件並不是因為她而造成的，為什麼要讓她去承擔遲到的後果，為什麼要因此打擊孩子的自信心呢？

其實我也在寵孩子這件事情的分寸上下了很多功夫。妮妮有一次告訴我，她的同學都好羨慕她有個好媽媽，因為「不管妳到底考了多少分、考了第幾名，妳媽媽都不會罵妳」，但那個同學自己考了99分，回家還被打。其實倒不是我真的不在乎她的成績好不好，而是我不會去打擊她的信心，我會想辦法去幫忙她，讓她也有做好的希望。反倒是做人、品格方面的要求，我是更加嚴格的。

還有一次，妮妮被罰抄書，但是功課太多，她做不完，我還幫她寫注音符號。結果老師在批改的時候，一眼就看出來。因為我幫她寫的注音整整齊齊，比她自己寫的要漂亮多了。幫她寫罰寫的作業，你也可以說是我「太寵她」，但我的用意其實是「建立一個標準」，告訴她，做任何事，要用認真的態度做，而不是馬馬虎虎隨便交差了事。我的用意，都會跟她溝通、說清楚。

現在我有三個孩子了，她們每個人都有每個人的個性與特長。妮妮喜歡畫畫；娜娜有音樂方面的天分，節奏音感非常好；娣娣還小，但她最愛跳舞。我很慶幸他們從小就能找到自己的興趣。台灣的教育不會教導人發掘自己喜歡做的事情、人生的目的。如果受教育只是為了以後找個工作養活自己，就這樣過一輩子，那就沒什麼樂趣了。所以我們寵孩子，從另一方面來說也是積極發掘孩子們的興趣所在。妮妮從小就愛畫畫，藝術家性格強烈，這樣的孩子需要更多的鼓勵，我們也從小積極的鼓勵她、培養她的才能。以後畫畫是不是她的生計來源不重要，但她能從這裡得到樂趣，而且比別人多了一點小小的專長，這樣就足夠了。

後記 愛的傳承
傅娟

6月15日小娜比生日的前一個禮拜，老爸打電話來。

「下禮拜娜娜生日怎麼過啊？」

這就是我的老爸。從小到大、我們家四個小孩的每一個生日，從來沒有輕率的辦過。善於做菜的老媽，總是費盡心思變出一長桌、十幾樣中、西合併式的自助餐，讓我們可以請好多同學來家裡面開Party。

直到現在，老爸、老媽不只是對我們，他們每一個孫子、外孫的生日，都記得牢牢的，而我也總在孩子的生日Party中，固定收到兩老給孫女的兩個紅包。

記得有一年，在我生日的半個月前，老爸打電話來「跟我解釋」，因為我生日那天他在大陸不能陪我過生日，他告訴我了一些他不得不在那時候去的理由。也不只是生日如此，每個禮拜天爸媽總是帶全家出遊、上館子吃飯、游泳、騎馬、溜冰、打籃球，甚至在那個吃西餐很貴的年代，我們幾乎每個月都會上陽明山的美軍俱樂部吃炸雞。而最特別的是在那個學生開舞會警察會抓的年代，我們家是年年聖誕節都一定有聖誕樹、聖誕禮物外加聖誕舞會。

從小到大，爸爸媽媽總是這樣，他們總是盡力滿足我們的每一個需求。

感謝上帝讓我有機會擁有了三個如此可愛的孩子，讓我也成為了媽媽，陪孩子長大的過程中讓我得到如此多的喜悅、快樂與幸福。而更感恩的是自己彷彿又重新過了一次童年，再重新有機會體認小時候不了解、不能體會、不能領悟父母對我們的一點一滴的愛。

除此之外，對於自己小時候的自以為是、態度不禮貌、沒大沒小、任性不耐煩……對爸爸和媽媽深感抱歉。在孩子逐漸長大的過程中，「現世報」的教訓竟來得如此之快，我在妮妮第一次給我白眼、第一次跟我頂嘴時，心中第一個浮現的念頭竟是「對不起我媽」，現在才深刻體會我們都曾如此刺傷我們的父母，而他們卻總以這麼深、這麼厚的愛來回報我們。

常覺得自己是好幸福的，從出生到現在都擁有滿滿的愛。

感謝父母給我們不匱乏的愛。
感謝孩子讓我可以無止境付出愛。
期望自己將來能像自己的爸爸媽媽一樣永遠支持著孩子、做孩子的後盾，做一個當孩子需要就出現給予孩子幫忙的父母。
期望自己的孩子能像外公、外婆、爸爸、媽媽愛她們一樣的愛她們的孩子……

國家圖書館出版品預行編目資料

小朋友美力／傅娟，歐陽妮妮，歐陽娜娜[著].
-- 初版-- 臺北市：大塊文化，2006 [民 95]
面：　　公分.--(Catch : 116)

ISBN　978-986-7059-30-7 (平裝)

855　　　　　　　　　95013199